神和英雄的故事

# 普罗米修斯盗火



有意思

[韩] 小不点 编著　[韩] 吴胜宥 绘　张璟曦 译

中信出版集团 | 北京

图书在版编目（CIP）数据

普罗米修斯盗火 / 韩国小不点编著；（韩）吴胜宥绘；张璟曦译 .-- 北京：中信出版社，2022.8
（希腊神话有意思 . 神和英雄的故事）
ISBN 978-7-5217-4436-1

Ⅰ . ①普… Ⅱ . ①韩… ②吴… ③张… Ⅲ . ①儿童故事 – 图画故事 – 韩国 – 现代 Ⅳ . ① I312.685

中国版本图书馆 CIP 数据核字 (2022) 第 082619 号



普罗米修斯盗火
（希腊神话有意思 · 神和英雄的故事）

编 著 者：［韩］小不点
绘　　者：［韩］吴胜宥
译　　者：张璟曦
出版发行：中信出版集团股份有限公司
（北京市朝阳区惠新东街甲4号富盛大厦2座　邮编　100029）
承 印 者：北京华联印刷有限公司

开　　本：889mm × 1194mm　1/24　　印　　张：$15\frac{1}{6}$　　字　　数：420千字
版　　次：2022年8月第1版　　印　　次：2022年8月第1次印刷
京权图字：01-2022-1399　　书　　号：ISBN 978-7-5217-4436-1
定　　价：99.00元（全10册）

出　　品：中信儿童书店
图书策划：好奇岛
策划编辑：明立庆
责任编辑：王欢
营销编辑：张远 张琛
封面设计：谢佳静
内文排版：杨兴艳

# 孩子为什么要读一读希腊神话？

神话是人类的文明源头，蕴含着古人的世界观，展现了他们对世界起源、人类诞生、自然现象的理解。很多古老文明都拥有自己的神话体系，比如中国神话、日本神话、希腊神话、北欧神话等。像我们中华民族，就有盘古开天地、女娲造人的神话；而在希腊神话里，世界诞生于一片名为“卡俄斯”的混沌之中。孩子阅读神话故事，就如同穿梭时空和古人对话，能培养自信和开阔的眼界。

希腊神话对人类文明的发展产生了深远影响，直到今天仍然跟我们的生活息息相关：星巴克咖啡的绿色徽标，人物设计灵感源自希腊神话里的海妖塞壬；《神奇女侠》中英勇善战的女战士，是战神阿瑞斯的后代；臭名昭著的“木马病毒”，名字来源于特洛伊战争中的“木马计”；再强大的人也有致命弱点，我们称之为“阿喀琉斯之踵”，阿喀琉斯正是希腊神话中几乎刀枪不入的大英雄……

希腊神话中的大英雄阿喀琉斯

希腊神话还是世界经典文学的灵感宝库：荷马史诗就是以希腊神话为基础创作的；文学史上有重要地位的古希腊悲剧作品，大多都取材于希腊神话，比如《普罗米修斯》《俄狄浦斯王》；在英国大文豪莎士比亚的戏剧中，可以找到很多希腊神话的元素；风靡全球的《哈利 · 波特》里也有很多希腊神话的影子，比如送信的猫头鹰是智慧女神雅典娜的信使，看守魔法石的三头犬原型就是地狱看门犬刻耳柏洛斯…… 孩子从小了解希腊神话，能为将来阅读和理解这些经典作品打下坚实的基础。

## 希腊神话中哪些值得孩子一读？

奥林匹斯十二主神之首宙斯

在希腊神话中，以宙斯为代表的奥林匹斯众神主宰着一切。神祇虽然高高在上，却并非冰冷无情，他们拥有人的形象和情感，性格各异：宙斯经历了种种磨炼才成为众神之王；战争之神阿瑞斯生性残忍好战，而战争女神雅典娜却更爱好和平；赫菲斯托斯容貌丑陋，还是个跛脚，但凭借高超的锻造技艺成为工匠之神……

希腊神话里有很多伟大的英雄，比如特洛伊战争中的大英雄阿喀琉斯，完成十二项“不可能的任务”的赫拉克勒斯。英雄拥有超越常人的力量、勇气和智慧，虽不能像神祇一样无所不能、永生不灭，却敢于追寻心中的理想和正义，哪怕要付出生命的代价。他们的故事至今仍鼓舞着无数人前行。

## 用好这套绘本，轻松给孩子讲好希腊神话

这套绘本共两个小系列：“奥林匹斯十二主神”（全12册）、“神和英雄的故事”（全10册）。绘本选取希腊神话中最核心、最有趣的故事，帮助孩子更好地从整体上把握神话脉络。绘本原版集结了韩国十余位童书领域的专业创作者，经韩国著名西方古典学家姜大振审校，在尊重神话原貌的基础上做了适度改编，配以精美的插画，为孩子们呈现更加直观生动的神话故事。简明易懂的众神谱系图，让原本复杂的人物关系一目了然，孩子再也不会一头雾水了。

读完故事，丰富的知识拓展为孩子架起认知现实世界和神话世界的桥梁，包罗文学、历史、艺术、地理、自然等各个学科。比如说：水星等太阳系行星和各大星座是怎么命名的？荷马史诗讲了哪些故事？我们都知道潘多拉，但是她打开的到底是陶罐还是魔盒？爱与美之神，为什么一会儿叫“维纳斯”，一会儿叫“阿芙洛狄忒”？……孩子会发现，生活中很多有趣的问题，都能在书里找到答案。

希腊神话是打开世界文学和艺术宝库的一把“金钥匙”。和孩子一起打开书本，尽情探索吧！

荷马雕像

# 主要登场人物

**宙斯**

奥林匹斯十二主神之首，通常称他为“主神”或“众神之王”。他以雷电为武器，有雄鹰陪伴身旁。

**普罗米修斯**

属于提坦神族，名字的含义是“先见之明”。他接受宙斯的命令创造了人类，但是由于为人类取得火种，受到了宙斯的惩罚。

**厄庇米修斯**

属于提坦神族，名字的含义是“后见之明”。他接受宙斯的命令，赋予动物和人类生存的能力。

**雅典娜**

奥林匹斯十二主神之一，是智慧女神、战争女神。比起战争，她更加向往和平，在保护人类的战争中，她会抗争到底。

# 几个关键词读懂 普罗米修斯

普罗米修斯属于提坦神族，
他创造了人类。

### 家庭关系

父亲：伊阿珀托斯
母亲：克吕墨涅
弟弟：厄庇米修斯
儿子：丢卡利翁

### 名字的含义

先见之明

### 相关事件

创造人类
为人类取得火种
遭到宙斯的惩罚

在众神中，人类尤为感谢的神，便是普罗米修斯。

**普罗米修斯是提坦神族之一，提坦神族在和奥林匹斯众神的战斗中失败后，被驱逐到塔尔塔罗斯地狱。**

由于普罗米修斯和厄庇米修斯在这场战争中选择站在了宙斯这一边，才幸免于难。

下面我们就来看看，人们为什么感谢普罗米修斯。

最初世界一片混沌，后来被分成大地、海洋和天空。

于是大地上有了四足兽，水里有了鱼，天上有了鸟。

这时，宙斯叫来了普罗米修斯：

**“这个世界需要更有智慧的物种，让他们来侍奉我们！**

**你去创造人类吧！”**

普罗米修斯和好了泥巴，照着神的样子把泥巴捏成了泥人，

然后在阳光下晒了七天。

他一边为这些泥人灌注生命，一边说道：

**“人类将主宰这个世界。”**

普罗米修斯让人类也可以像神一样用两条腿直立行走，

正是因为这个原因，人类和其他动物不同。

普罗米修斯把人造出来之后，宙斯也给厄庇米修斯安排了任务。

**“厄庇米修斯，我命你去赋予动物和人类生存的能力。”**

厄庇米修斯一路上遇到什么，就随手将不同的能力分配了出去。

他给了鸟儿翅膀，给了昆虫唾液或者毒液，给了四足兽牙齿、利爪或坚硬的壳。

“嗯，现在就差人类没给了。

给点什么好呢？”

**厄庇米修斯刚刚把各种各样的能力都分配给了动物，现在能留给人类作为生存依靠的能力一个都不剩了。**

这可怎么办？

惊慌失措的厄庇米修斯赶紧跑去找普罗米修斯，对他说：

“哥哥，糟了！给人类的那份没有了！”

普罗米修斯非常疼爱人类，于是他陷入了沉思。

应该给人类什么呢？

思考了好一会儿，普罗米修斯终于想出了一个好主意——

**就这么办！把火给人类吧。**
**有了火，就等于拥有了最强大的能力。**

普罗米修斯把战争女神雅典娜马车上的火引到火炬上，然后把火炬交给了人类。

“哇！这是神赐予的礼物！”

**人类拿到火之后，非常欣喜。**

但是，火是不允许给人类的。

因为如果人类有了火，就会变得傲慢自大。

所以宙斯曾再三叮嘱普罗米修斯绝对不要把火给人类。

## 人类拥有了火，
## 能做的事情变多了。

他们可以制造武器去打猎，
可以享用美味的熟肉，
还可以在温暖中度过寒冷的日子。
就这样，人拥有了更强大的力量，
他们渐渐不再惧怕神明了。

**看着人类变得一天比一天傲慢自大，**
**宙斯大发雷霆：**

“这都是普罗米修斯的错，他未经我允许就把

火给了人类。

立刻把普罗米修斯给我抓来！”

**普罗米修斯即将被宙斯抓走，他心中唯一放不下的就是人类的安危。**

于是他向雅典娜寻求帮助：

“我被抓走之后，就没有神能够帮助人类了，

我很担心他们。

您能不能替我照看他们呢？”

雅典娜被普罗米修斯的真诚所打动，于是答应了他的请求。

被抓来见宙斯的时候，普罗米修斯丝毫没有屈服。

他坚定地说：“如果我有罪，那罪名一定是爱护人类。”

**宙斯用结实的铁链把普罗米修斯绑在高加索山的岩石上，又派鹫鹰来啄食他的肝脏。**

他的肝脏被吃光后，第二天又会长出新的来。

这样，普罗米修斯每天都要遭受同样的痛苦。

如果普罗米修斯当初没有违背宙斯，也就不会遭受这样的痛苦了。

但是他从来没有因此而后悔过，也没有向宙斯祈求原谅。所以，很多年来，普罗米修斯一直都被锁在高加索山上，直到有一天大力神赫拉克勒斯解救了他。

**这就是人类最感谢的神——普罗米修斯的故事。**

# 众神谱系

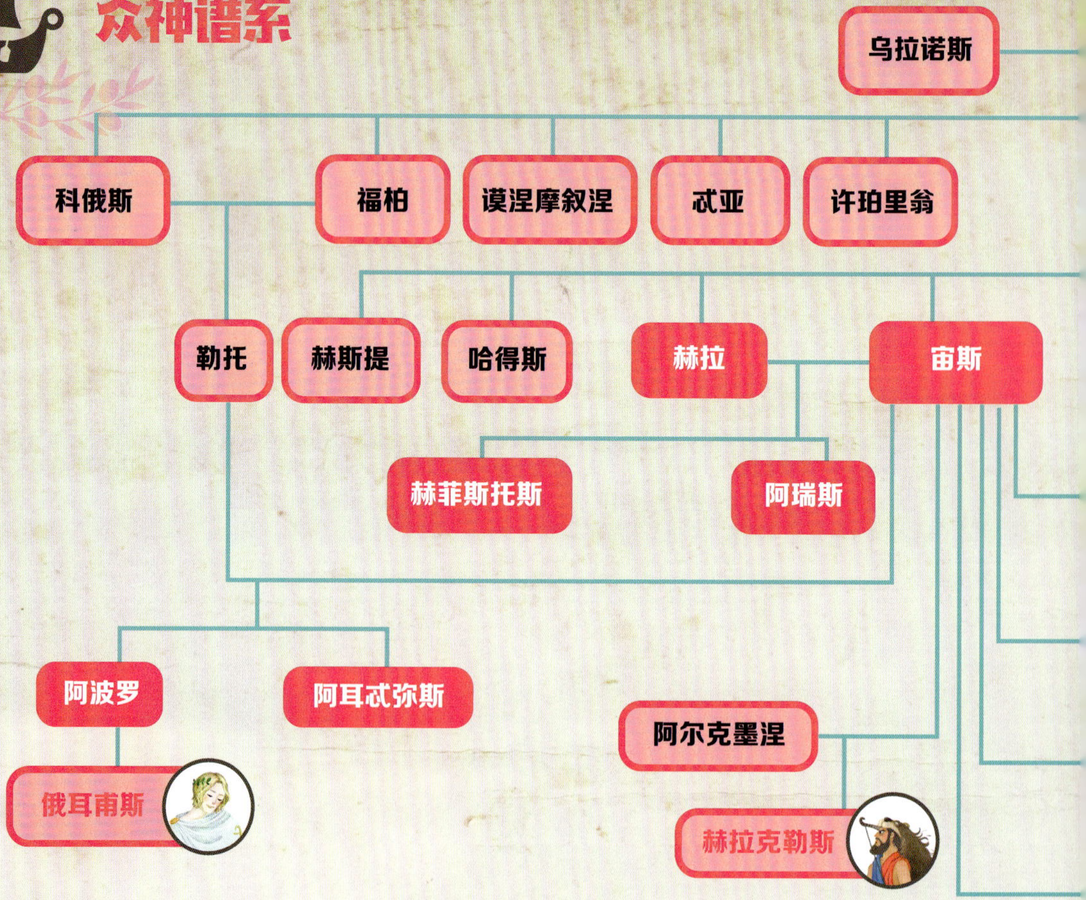


奥林匹斯十二主神

希腊神话中的其他人物

盖娅
克洛诺斯
瑞亚
忒弥斯
伊阿珀托斯
克利俄斯
泰西斯
俄刻阿诺斯
得墨忒耳
波塞冬
克吕墨涅
墨提斯
狄俄涅
塞墨勒
阿特拉斯
普罗米修斯
厄庇米修斯
潘多拉
狄俄尼索斯
迈亚
丢卡利翁
皮拉
赫耳墨斯
雅典娜
阿芙洛狄忒
伊阿宋
赫拉克勒斯
忒修斯
阿喀琉斯
奥德修斯

# 神话知识拓展

## 普罗米修斯创造了人类

普罗米修斯属于提坦神族，但是在宙斯和提坦神族的战争中，普罗米修斯和弟弟厄庇米修斯都帮助了宙斯。后来普罗米修斯触犯禁令，盗取火种送给人类。于是，他被宙斯锁在高加索山的岩石上，在很长的一段时间里，一直遭受被鹫鹰啄食肝脏的痛苦。

被鹫鹰啄食肝脏的普罗米修斯

## 普罗米修斯和厄庇米修斯的名字含义是相反的

普罗米修斯和厄庇米修斯是提坦神族伊阿珀托斯的儿子。哥哥普罗米修斯的名字是“先见之明”的意思，而弟弟厄庇米修斯的名字是“后见之明”的意思。因此，普罗米修斯有预见未来的能力，他告诉宙斯有关宙斯未来命运的秘密，还在洪水来临之前告诉自己的儿子丢卡利翁提前准备船只，帮助丢卡利翁在灾难中幸存下来。普罗米修斯曾经告诫厄庇米修斯绝对不要接受宙斯的任何礼物，可是“后见之明”的厄庇米修斯不听劝告，迎娶潘多拉为妻，自此给人类带来了巨大的不幸。

## 宙斯因对祭品不满，降下人类禁止使用火种的禁令

赫西俄德在《神谱》中描写了这样一段故事，说明了人类不能拥有火种的原因。人类把牛作为祭品向神献祭时，普罗米修斯为了让人类能够拥有更优质的肉而想出了一个办法。他将献祭的牛肉分成两堆放在祭坛上，一堆是瘦肉和内脏，用硬硬的牛皮包起来，另一堆是用肥肉裹住的牛骨头，然后让宙斯来挑选。然而宙斯已经洞察到了一切，他决定顺水推舟对人类施以惩罚，于是选了牛骨头那一堆，紧接着他大发雷霆，下令禁止人类使用火种。

## 普罗米修斯盗取火种送给人类

宙斯严禁人类使用火，但是普罗米修斯对一无所有的人类心生怜悯，于是盗取火种送给了人类。不过关于火种的来源有很多种说法，例如，雅典娜的马车、宙斯的雷电、赫拉厨房的炉灶、阿波罗的马车、赫菲斯托斯的铁匠铺等。

位于俄罗斯索契的普罗米修斯铜像

# 常识拓展

## 火是人类在大自然中发现的

历史

在神话中，火种是人类从普罗米修斯那里获得的，但事实上，火是原始人从火山或因雷击而燃烧的树木上偶然获得的。不过，保存火种是非常困难的。因此，人类一直想方设法自己生火，最终发现了通过相互摩擦干燥的树枝来获得火种的方法。

燃烧的火焰

## 高加索山脉的西部地区被列入联合国教科文组织世界文化遗产

地理

位于俄罗斯南部的高加索山脉，便是在神话中提到的普罗米修斯受罚的地方。其中，厄尔布鲁士峰高达 5642 米，是欧洲的最高峰，另外狄克山（海拔 5204 米）和什哈拉山（海拔 5068 米）也都属于高加索山脉。西高加索山受到人类的干扰非常少，那里有俄罗斯最深的洞穴、各种各样的岩石以及壮观的瀑布等自然景观。那里还拥有大量野生动物和本地植物，其中大部分都是被保护的珍稀品种。高加索山脉的西部地区于 1999 年被列入联合国教科文组织世界文化遗产。

高加索山脉

神和英雄的故事

希腊神话有意思

# 潘多拉与魔法陶罐

［韩］申妍美 编著　［韩］金贤贞 绘　张璟曦 译

中信出版集团｜北京

图书在版编目（CIP）数据

潘多拉与魔法陶罐 /（韩）申妍美编著；（韩）金贤贞绘；张璟曦译 .-- 北京：中信出版社，2022.8
（希腊神话有意思 . 神和英雄的故事）
ISBN 978-7-5217-4436-1

Ⅰ . ①潘… Ⅱ . ①申… ②金… ③张… Ⅲ . ①儿童故事 - 图画故事 - 韩国 - 现代 Ⅳ . ① I312.685

中国版本图书馆 CIP 数据核字 (2022) 第 082617 号



**潘多拉与魔法陶罐**
**（希腊神话有意思 · 神和英雄的故事）**

编 著 者：［韩］申妍美
绘　　者：［韩］金贤贞
译　　者：张璟曦
出版发行：中信出版集团股份有限公司
（北京市朝阳区惠新东街甲4号富盛大厦2座　邮编　100029）
承 印 者：北京华联印刷有限公司

开　　本：889mm × 1194mm　1/24　　印　　张：$15\frac{1}{6}$　　字　　数：420千字
版　　次：2022年8月第1版　　印　　次：2022年8月第1次印刷
京权图字：01-2022-1399　　书　　号：ISBN 978-7-5217-4436-1
定　　价：99.00元（全10册）

出　　品：中信儿童书店
图书策划：好奇岛
策划编辑：明立庆
责任编辑：王欢
营销编辑：张远　张琛
封面设计：谢佳静
内文排版：杨兴艳

# 主要登场人物

宙斯命令赫菲斯托斯创造的第一个女人。她打开了不该打开的陶罐，为人世间带来了痛苦。

奥林匹斯十二主神之首，通常称他为“主神”或“众神之王”。他以雷电为武器，有雄鹰陪伴身旁。

奥林匹斯十二主神之一，是工匠之神。他技术高超，没有什么东西是他造不出来的。

属于提坦神族，是普罗米修斯的弟弟。他在提坦神族和宙斯带领的众神之间的战争中帮助了宙斯。他是潘多拉的丈夫。

# 几个关键词读懂 潘多拉

潘多拉是宙斯命令赫菲斯托斯创造的

第一个女人。

**家庭关系**

丈夫：厄庇米修斯

女儿：皮拉

**象征**

陶罐

魔盒

**名字的含义**

拥有一切天赋的女人

**对应天体**

土星的一颗卫星

**关联词语**

第一个女人

潘多拉魔盒

普罗米修斯将火种送给了人类，宙斯因此对其施以严酷的惩罚。

宙斯把普罗米修斯绑在高加索山的石头上，每天派鹫鹰来啄食他的肝脏。

即便如此，宙斯依然没有消除怒气。

人类对神毫无畏惧，只信任普罗米修斯，这是宙斯最厌恶的事情。

**“该怎么惩罚傲慢自大的人类呢？”**

宙斯冥思苦想了好几天。

终于，宙斯想出了一个好主意。

“没错，得创造一个女人。”

在那之前人世间只有男人，没有女人。

更准确地说，是还没创造女人。

宙斯立刻叫来工匠之神赫菲斯托斯，吩咐道：

**“你为人间创造一个女人吧。”**

接到宙斯的命令后，赫菲斯托斯感到非常茫然，女人应该怎么造呢？

为此他苦恼了许久，终于有一天他“啪”地一拍膝盖，想出了解决办法。

**“之前怎么没想到呢，就照着美神阿芙洛狄忒的样子做吧！”**

赫菲斯托斯用和好的泥巴捏了泥人，就这样，人世间第一个女人诞生了。

**众神分别送给了她一件礼物。**

美神阿芙洛狄忒送给了她“出众的美貌”，

音乐之神阿波罗送给了她“美妙的唱歌技巧”，

众神的使者、商业之神赫耳墨斯送给了她“说谎和诱骗的语言技巧”。

“现在给她起个名字吧。叫什么名字好呢？”

宙斯给这个女人取名叫潘多拉。

**潘多拉的意思是“拥有一切天赋的女人”。**

就这样一切准备好之后，宙斯就把潘多拉送给了厄庇米修斯。

“厄庇米修斯，这是我送给你的礼物！”

“厄庇米修斯，宙斯送的礼物一定不要收！”

普罗米修斯曾经这样告诫过厄庇米修斯。

厄庇米修斯虽然非常犹豫，但是依然欣然迎娶了潘多拉为妻。

他第一眼见到潘多拉时就对她一见钟情了。

**从此之后，厄庇米修斯和潘多拉过上了幸福的生活。**

可是，好景不长，有一天出事了。

厄庇米修斯家里有一个陶罐，里面装满了对人类有害的东西。

厄庇米修斯对潘多拉说：

**“潘多拉，这个陶罐绝对不能打开。”**

潘多拉答应了他。

但是潘多拉想要打开陶罐的想法一天比一天强烈，终于有一天她没有忍住。

**“这里面到底有什么东西啊，为什么不能打开呢？哎呀，我好好奇啊！”**

对陶罐的好奇让潘多拉睡不着觉。

在一个夜深人静的晚上，潘多拉独自走进了保管陶罐的房间，

她偷偷地把陶罐的盖子打开了一个缝隙。

这时可怕的事情发生了！

**陶罐里面所有危害人间的东西一个接一个地全跑了出来，**

有折磨肉体的疾病，还有折磨心智的欲望、憎恶、嫉妒、报复……

“哎呀！这可怎么办！”

潘多拉吓了一跳，迅速把盖子又盖回去。

但是太迟了，陶罐里装着的祸害已经散布到各个地方了。

现在罐子里只剩下了唯一一样东西——希望。

**因此，不管生活得多么辛苦，多么艰难，人们最后都坚强地活了下来，这都是因为陶罐里留下了希望。**

从那天开始，世界的宁静与美好不复存在。

**各个地方都出现了身患疾病的人，**

**人们相互憎恶，相互嫉妒，相互争斗。**

以前的和平被打破，人世间满目疮痍。

连之前关爱人类的神也不再对人类抱有希望，

开始远离人类。

看到人间变化这么大，宙斯叫来了众神。

他心中已经萌生了想要彻底毁灭人类的想法。

**在宙斯的召唤下，众神都陆续来到了奥林匹斯。**

人类会按照宙斯的意愿从世界上消失吗？

这时幸亏有一位神站出来帮助了人类，

这位值得人类感谢的神到底是谁呢？

# 众神谱系

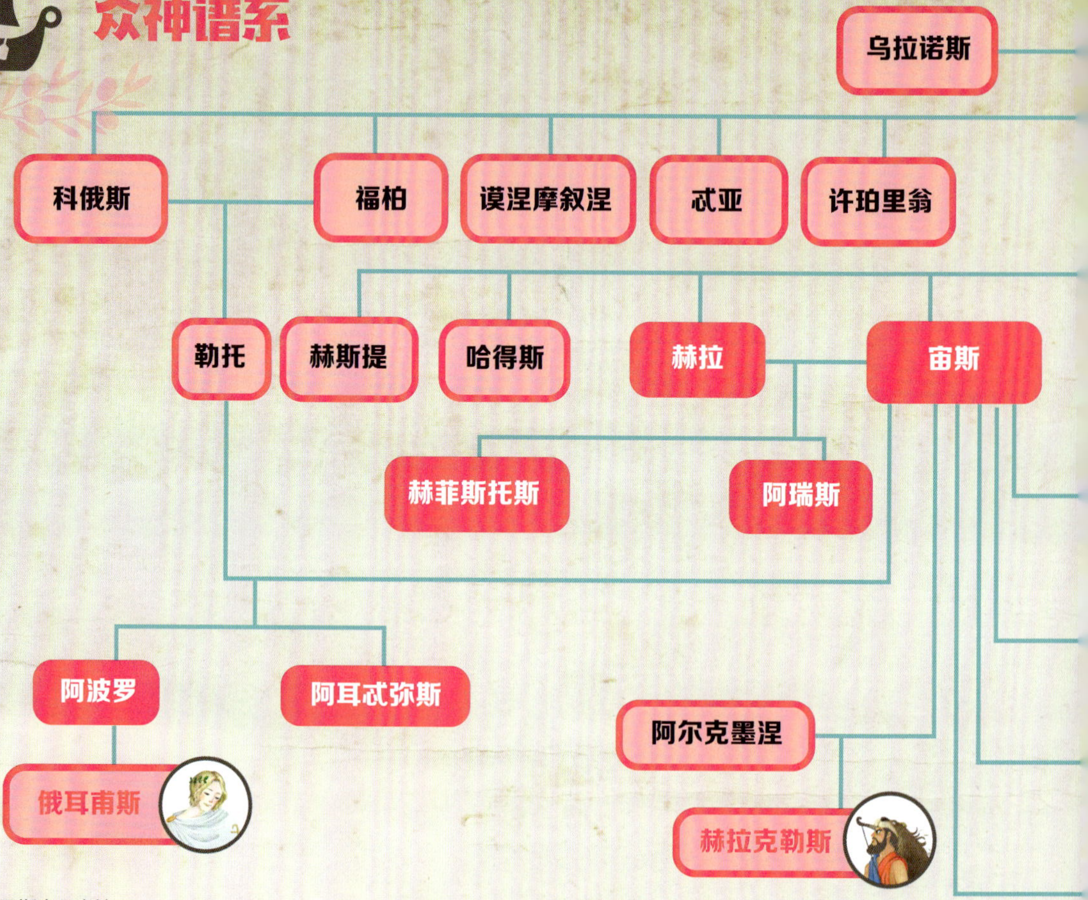


奥林匹斯十二主神

希腊神话中的其他人物

盖娅
克洛诺斯
瑞亚
忒弥斯
伊阿珀托斯
克利俄斯
泰西斯
俄刻阿诺斯
得墨忒耳
波塞冬
克吕墨涅
墨提斯
狄俄涅
塞墨勒
阿特拉斯
普罗米修斯
厄庇米修斯
潘多拉
狄俄尼索斯
迈亚
丢卡利翁
皮拉
赫耳墨斯
雅典娜
阿芙洛狄忒
伊阿宋
赫拉克勒斯
忒修斯
阿喀琉斯
奥德修斯

# 神话知识拓展

## 潘多拉是世界上第一个女人

赫菲斯托斯按照美神的样子创造了潘多拉。潘多拉的名字有“拥有一切天赋的女人”的意思。她违背了和丈夫厄庇米修斯的约定，打开了装满灾厄的陶罐，让整个世界陷入混乱之中。

朱尔斯 · 约瑟夫 · 莱菲博瑞《潘多拉》，个人藏品

## 关于潘多拉打开的陶罐有两种说法

第一种说法正如本书里所写，陶罐是厄庇米修斯家里原来就有的。在第二种说法里，陶罐是宙斯送给潘多拉的。不过这两种说法是有共同点的。第一个共同点是陶罐里装着危害人间的东西，第二个共同点是潘多拉原本许下诺言绝不打开这个陶罐，但最后还是没能战胜好奇心，打开了它。

## 出现了“潘多拉的魔盒”这种说法

“潘多拉的魔盒”后来用来描述由于好奇心的驱使犯了错误或是做了不该做的事。不过，潘多拉打开的明明是陶罐，怎么会出现“潘多拉的魔盒”这种说法呢？

最早记录这段神话的是古希腊诗人赫西俄德，他本来写的是“大口陶瓷坛”（pithos）。但是在16世纪时，人文学家德西德里乌斯·伊拉斯谟将“大口陶瓷坛”误译为“盒子”，于是，这种说法广为流传，一直沿用至今。

## 大洪水之后重新创造人类的是潘多拉的女儿皮拉和皮拉的丈夫丢卡利翁

潘多拉打开陶罐后，所有的灾祸都被放了出来，人世间曾经的和平不复存在，世界变得一片混乱。这时，宙斯发起了一场大洪水想要彻底毁灭人类。在这场洪灾中，只有两个人活了下来，那就是普罗米修斯的儿子丢卡利翁，还有厄庇米修斯和潘多拉的女儿皮拉。丢卡利翁和皮拉在正义女神忒弥斯的帮助下，重新创造了人类。也就是说，人类因潘多拉差点被毁灭，又在潘多拉的女儿皮拉和皮拉的丈夫丢卡利翁的拯救下得以重生。

# 常识拓展

## 文学 古希腊诗人赫西俄德是最早提到潘多拉神话故事的人

赫西俄德是著名的古希腊叙事诗人。叙事诗是一种将神话、传说、英雄故事以诗的形式描述出来的题材。

赫西俄德通过叙事诗《神谱》和《工作与时日》为读者介绍了希腊神话，关于潘多拉的故事在《工作与时日》中有详细的记述。

打开魔盒的潘多拉

## 科学 在土星的卫星中，有一颗叫作潘多拉

土星是太阳系八大行星之一，按距太阳由近及远的次序为第六颗。目前已确认它拥有六十多颗卫星。其中土卫十七潘多拉是防止土星 F 光环分散的牧羊犬卫星，它的表面形状非常不规则，覆盖着冰和岩石。它于 1980 年被旅行者 1 号探测器发现，1985 年被公开命名为潘多拉。

在土星的卫星中，除了潘多拉还有潘、阿特拉斯、普罗米修斯、厄庇米修斯、雅努斯等以神话人物命名的卫星。

土星

神和英雄的故事

希腊神话有意思

# 丢卡利翁和皮拉造人

［韩］申妍美 编著 ［韩］金阿涅斯 绘 张璟曦 译

中信出版集团 | 北京

图书在版编目（CIP）数据

丢卡利翁和皮拉造人 /（韩）申妍美编著；（韩）金阿涅斯绘；张璟曦译．-- 北京：中信出版社，2022.8
（希腊神话有意思．神和英雄的故事）
ISBN 978-7-5217-4436-1

Ⅰ．①丢… Ⅱ．①申… ②金… ③张… Ⅲ．①儿童故事－图画故事－韩国－现代 Ⅳ．① I312.685

中国版本图书馆 CIP 数据核字 (2022) 第 082620 号

Greek Roman Myth - Deucalion

Text by 신연미
Illustrations by 김아네스
First published in Korea by Aram Publishing, Korea


丢卡利翁和皮拉造人
（希腊神话有意思·神和英雄的故事）

编 著 者：［韩］申妍美
绘　　者：［韩］金阿涅斯
译　　者：张璟曦
出版发行：中信出版集团股份有限公司
（北京市朝阳区惠新东街甲4号富盛大厦2座　邮编　100029）
承 印 者：北京华联印刷有限公司

开　　本：889mm × 1194mm　1/24　印　　张：$15\frac{1}{6}$　字　　数：420千字
版　　次：2022年8月第1版　印　　次：2022年8月第1次印刷
京权图字：01-2022-1399　书　　号：ISBN 978-7-5217-4436-1
定　　价：99.00元（全10册）

出　　品：中信儿童书店
图书策划：好奇岛
策划编辑：明立庆
责任编辑：王欢
营销编辑：张远 张琛
封面设计：谢佳静
内文排版：杨兴艳

## 主要登场人物

宙斯

奥林匹斯十二主神之首，通常称他为“主神”或“众神之王”。他以雷电为武器，有雄鹰陪伴身旁。

丢卡利翁

普罗米修斯的儿子，在宙斯发起大洪水之后，只有他和妻子皮拉幸存下来，他们重新创造了人类。

皮拉

厄庇米修斯和潘多拉的女儿，在宙斯发起大洪水之后，只有她和丈夫丢卡利翁幸存下来，他们重新创造了人类。

# 几个关键词读懂 丢卡利翁和皮拉

丢卡利翁和皮拉在大洪水中幸存下来，
他们重新创造了人类。

## 丢卡利翁

### 家庭关系

父亲：普罗米修斯
妻子：皮拉
儿子：赫楞

### 名字的含义

神之火
神之船

### 象征

人类之父
方舟

### 相关事件

大洪水
创造新的人类

## 皮拉

### 家庭关系

父亲：厄庇米修斯
母亲：潘多拉
丈夫：丢卡利翁
儿子：赫楞

### 名字的含义

红头发

### 象征

人类之母
方舟

潘多拉打开陶罐之后，放出来各种各样对人类造成危害的东西，

人世间慢慢变得充满灾祸和不幸。

忍无可忍的宙斯把众神叫来商量对策。

**“人类现在无恶不作，实在不能就这样放任不管了。**

我决定毁灭现在的人类，重新创造信奉我们的人类。”

期初，宙斯想用雷电摧毁人间，将世界变为一片火海，烧掉所有的一切。

但是，他又担心这样做会影响到奥林匹斯的安危，于是就改变了计划。

**“好吧，就让我把世界变成一片汪洋，把所有的一切都冲走吧。”**

宙斯叫来了南风神诺托斯。

诺托斯是能够聚集雨水的神。

**“诺托斯，给这个世界降下滂沱大雨吧。”**

他话音刚落，天空就乌云密布。

诺托斯轻轻一碰乌云，立刻下起了倾盆大雨。

**彩虹女神伊里斯也来帮忙了。**

她身穿七色彩衣，舀来银河里的水，浇到云里。

就这样，大雨如柱，丝毫没有要停的迹象。

天空完全被乌云遮盖，这时的人间伸手不见五指。

暴雨就像瀑布一样倾泻下来，田地里种的庄稼都被大雨冲走了。

**人们在黑暗中惶恐不安，瑟瑟发抖。**

然而宙斯依然不满意。

他叫来了海神波塞冬。

**“波塞冬，我命你去发动世界上所有的水。”**

于是波塞冬召集了所有的河神，河神令河水冲垮了所有的堤坝，河水泛滥开来。

接着，波塞冬撼动大地，让海水涌向陆地。

除了帕尔纳索斯山的山顶以外，整个世界一片汪洋。

**人类被卷入洪水之中，奋力挣扎。**

动物也没有逃过洪灾。

四足动物在水中不停地蹬腿；

鸟儿为了躲避风雨，在空中艰难地飞来飞去；

鱼儿在滚滚的洪涛中奋力挣扎。

就这样，人类几乎都消失了。

**只剩下丢卡利翁和皮拉，二人乘船来到帕尔纳索斯山的山顶，逃过一劫。**

丢卡利翁是普罗米修斯的儿子，

皮拉是厄庇米修斯的女儿。

因为普罗米修斯事先告诉过他们：

“全世界都将被洪水吞没，你们要提前准备好一艘船。”

丢卡利翁和皮拉这才得以在灾难中幸存下来。

宙斯见丢卡利翁和皮拉为人善良，对神虔诚，

于是决定饶恕他们，让暴雨和地震停了下来。

世界很快又恢复了平静。

丢卡利翁和皮拉发现世界上只剩下他们两个人，

感到既害怕又孤独。

他们两个人决定寻找创造人类的方法，

于是来到忒弥斯神庙祈祷。

忒弥斯是正义女神，她充满了智慧，可以预见未来。

**“伟大的忒弥斯女神，请告诉我们**
**重新创造人类的方法吧！”**

忒弥斯下达神谕：“把你们母亲的骸骨扔到你们身后去！”

皮拉听了摇摇头，说：

“我怎么敢亵渎母亲的遗骸呢？请饶恕我无法照做。”

丢卡利翁仔细思考了一下忒弥斯的神谕，终于想到了答案。

**“皮拉，忒弥斯女神说的母亲一定**
**是指大地，而母亲的骸骨指的是石头。**

我们不如试试看吧。”

丢卡利翁和皮拉将石块向背后扔了出去。

这时，神奇的事情发生了！

扔出去的石头渐渐变得柔软，而且越来越大。

紧接着，慢慢变成了人的模样。

**就这样，丢卡利翁扔出去的石头变成了男孩，皮拉扔出去的石头变成了女孩。**

就这样，新的人类诞生了，他们身体健壮，刻苦勤劳。

于是，人们又像从前一样开垦田地，努力生活。

**丢卡利翁和皮拉被视为让人类重生的父亲和母亲。**

现在大家明白为什么人们对丢卡利翁和皮拉一直心怀感激了吧？

# 众神谱系

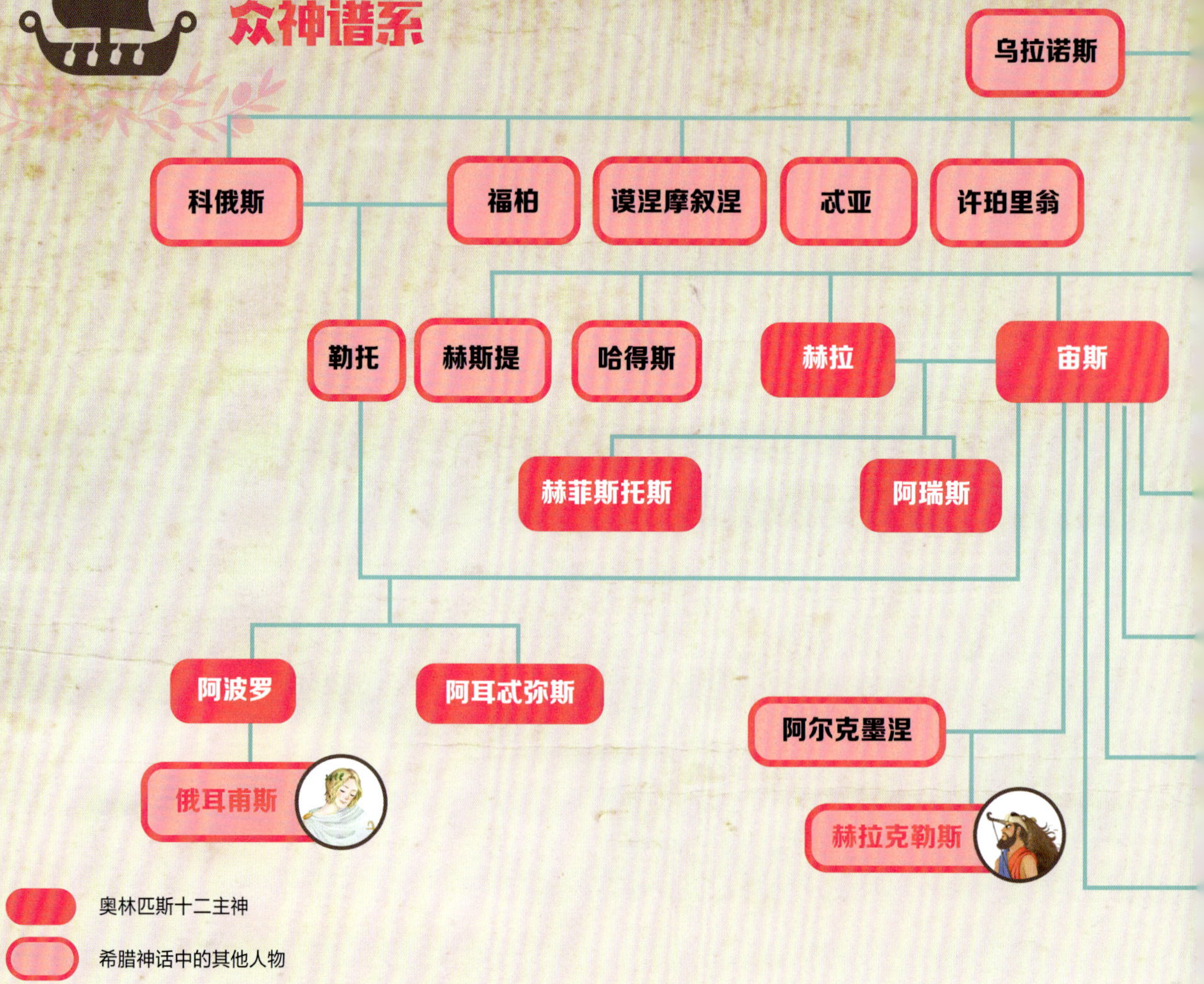
乌拉诺斯
科俄斯
福柏
谟涅摩叙涅
忒亚
许珀里翁
勒托
赫斯提
哈得斯
赫拉
宙斯
赫菲斯托斯
阿瑞斯
阿波罗
阿耳忒弥斯
阿尔克墨涅
俄耳甫斯
赫拉克勒斯
奥林匹斯十二主神
希腊神话中的其他人物

普罗米修斯
潘多拉
丢卡利翁和皮拉
俄狄浦斯
俄耳甫斯

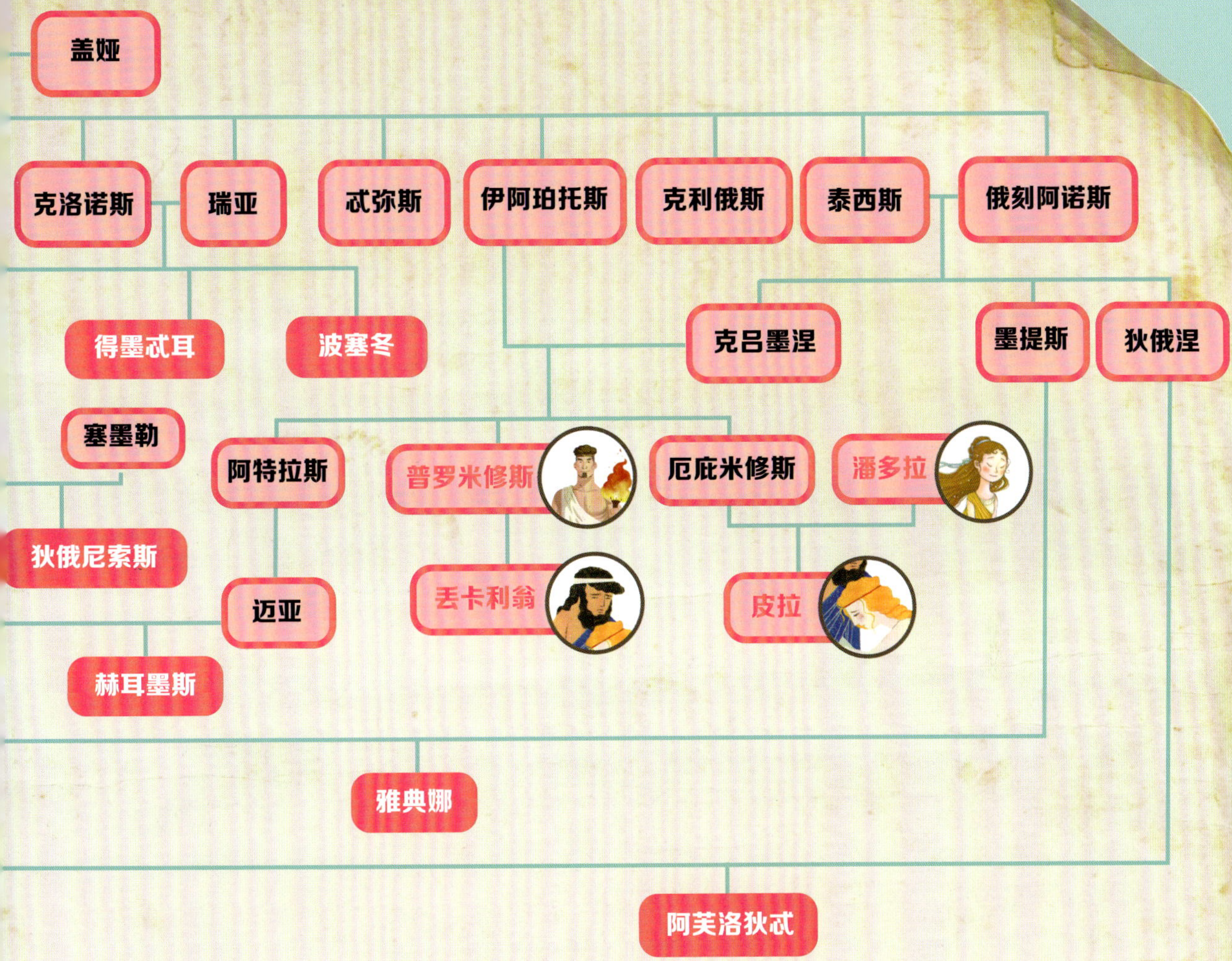
盖娅
克洛诺斯
瑞亚
忒弥斯
伊阿珀托斯
克利俄斯
泰西斯
俄刻阿诺斯
得墨忒耳
波塞冬
克吕墨涅
墨提斯
狄俄涅
塞墨勒
阿特拉斯
普罗米修斯
厄庇米修斯
潘多拉
狄俄尼索斯
迈亚
丢卡利翁
皮拉
赫耳墨斯
雅典娜
阿芙洛狄忒

伊阿宋
赫拉克勒斯
忒修斯
阿喀琉斯
奥德修斯

# 神话知识拓展

## 大洪水中的幸存者——丢卡利翁和皮拉

在宙斯为了毁灭人类而降下大洪水的那段时间，丢卡利翁和皮拉在船上漂泊了九天，最后来到帕尔纳索斯山避难，最终活了下来。其实，丢卡利翁的父亲普罗米修斯事先已经告知二人即将出现洪灾，这才使丢卡利翁和皮拉幸免于难。

丢卡利翁和皮拉—— 维吉尔·索利斯绘，奥维德《变形记》中的插画

## 丢卡利翁和皮拉的儿子是希腊人的祖先

丢卡利翁和皮拉在洛克里斯定居下来之后，生了很多孩子。其中大儿子赫楞（Hellen）做了色萨利地区佛提亚的国王，他和山之仙女俄耳塞斯有三个儿子，分别是埃俄罗斯、克苏托斯和多洛斯。这三兄弟分别创建了古希腊主要的三个种族，他们自称是赫楞的后代（Hellenes）。后来，“Hellenes”这个词又演变成对希腊人的称呼。

## 宙斯降下大洪水是为了惩罚人类

在希腊罗马神话中，人类时代被分为黄金时代、白银时代、青铜时代、黑铁时代。人类最初被创造的时期被称为黄金时代。那时一年四季都是春天，人们即使不劳作，大地也能为其提供丰富的食物，是没有痛苦的幸福时代。接下来，是开始出现四季的白银时代。人们只有耕作农作物才能获得食物，并且在冬季来临时人们需要避寒。第三代是青铜时代，人类逐渐变得粗暴，他们开始拿起武器相互争斗。最后一代是黑铁时代，人类变得更加粗暴，动辄大动干戈，是个充满混乱的时代。宙斯正是为了结束黑铁时代才发动了大洪水。

## 四位风神

在发动大洪水时是南风神诺托斯碰触乌云，开始降下暴雨。除了南风神诺托斯之外，还有其他掌管风的神，即东风神欧洛斯、西风神仄费洛斯、北风神玻瑞阿斯。这四位风神都是群星之神阿斯特赖俄斯和黎明女神厄俄斯的儿子。另外，他们四个还统称为“阿涅弥伊”，意为“从四方吹来的风”。

洒雨的诺托斯——让·保罗·朗伯松《气象的历史》中的插图

# 常识拓展

## 《圣经》中也有关于大洪水的故事

文学

那时所有人都沉浸在堕落的生活中，于是上帝决定用洪水对人类进行审判。有一位叫诺亚的人，他一直为人正直，在上帝特别给予的指示下，他提前得知洪水即将来临。诺亚花了 120 年建造了一艘庞大的方舟，带上全家八口人、各种动物雌雄各一对上了船。在大洪水中，生物全部死亡，只有诺亚一家人和方舟上的动物活了下来。

《诺亚方舟》，作者不详

## 帕尔纳索斯山位于希腊的中南部

地理

大洪水时，丢卡利翁和皮拉乘船前往帕尔纳索斯山避难。帕尔纳索斯山高 2457 米，位于阿波罗神庙所在地特尔斐附近。它有两座山峰，在希腊神话中，一座献给了音乐和预言之神阿波罗和艺术女神缪斯，另一座献给了葡萄酒之神狄俄尼索斯。古希腊人崇拜帕尔纳索斯山，曾经还称之为“Larnassos”，这个词来源于希腊神话，它的意思是“方舟”。

帕尔纳索斯山

神和英雄的故事

希腊神话有意思

# 俄狄浦斯的悲剧

[韩] 申妍美 编著 [韩] 周世英 绘 张璟曦 译

中信出版集团 | 北京

图书在版编目（CIP）数据

俄狄浦斯的悲剧 /（韩）申妍美编著 ;（韩）周世英绘 ; 张璟曦译 . -- 北京 : 中信出版社 , 2022.8
（希腊神话有意思 . 神和英雄的故事）
ISBN 978-7-5217-4436-1

Ⅰ . ①俄… Ⅱ . ①申… ②周… ③张… Ⅲ . ①儿童故事 - 图画故事 - 韩国 - 现代 Ⅳ . ① I312.685

中国版本图书馆 CIP 数据核字 (2022) 第 082618 号



俄狄浦斯的悲剧
（希腊神话有意思 · 神和英雄的故事）

编 著 者：[ 韩 ] 申妍美
绘　　者：[ 韩 ] 周世英
译　　者：张璟曦
出版发行：中信出版集团股份有限公司
（北京市朝阳区惠新东街甲4号富盛大厦2座　邮编　100029）
承 印 者：北京华联印刷有限公司

开　　本：889mm × 1194mm　1/24　　印　　张：$15\frac{1}{6}$　　字　　数：420千字
版　　次：2022年8月第1版　　印　　次：2022年8月第1次印刷
京权图字：01-2022-1399　　书　　号：ISBN 978-7-5217-4436-1
定　　价：99.00元（全10册）

出　　品：中信儿童书店
图书策划：好奇岛
策划编辑：明立庆
责任编辑：王欢
营销编辑：张远 张琛
封面设计：谢佳静
内文排版：杨兴艳


服务热线：400-600-8099
投稿邮箱：author@citicpub.com

# 主要登场人物

## 俄狄浦斯

解开斯芬克斯的谜语，成为忒拜的国王，但却因为犯下弑父娶母的罪行，自废双眼，流亡他乡。

## 拉伊俄斯

忒拜的国王，俄狄浦斯的父亲。神谕说：他将被儿子所杀并被夺走王位。于是拉伊俄斯命人把俄狄浦斯除掉。后来神谕应验，拉伊俄斯还是被俄狄浦斯杀死了。

## 伊俄卡斯忒

拉伊俄斯的妻子，俄狄浦斯的母亲。失去丈夫的她在不知情的情况下嫁给了自己的儿子。

## 斯芬克斯

狮身人面、长有双翼的女怪物，她会拦住过路的行人并问他们谜语，答不对的人会被她吃掉。

# 几个关键词读懂 俄狄浦斯

俄狄浦斯解开了斯芬克斯的谜语，
做了忒拜的国王。

## 家庭关系

父亲：拉伊俄斯
母亲：伊俄卡斯忒

## 名字的含义

肿胀的脚

## 象征

弑父
娶母
俄狄浦斯情结

## 相关故事

破解了斯芬克斯
的谜语

忒拜国王拉伊俄斯有个很大的烦恼。

他和王后伊俄卡斯忒婚后一直没有孩子，于是夫妇二人去特尔斐神庙虔诚地祈祷，女祭司把神谕转达给了他们：

**“王后生下的孩子，会杀死父亲，夺走王位。”**

果然，王后伊俄卡斯忒生下了一个儿子。

虽然这是国王和王后盼望已久的孩子，

但国王拉伊俄斯依然决定把他除掉。

于是国王叫来牧羊人，吩咐道：

**“把婴儿带走，除掉他！”**

牧羊人把婴儿带到了树林里，但是他实在不忍心伤害这么可爱的孩子。

**他苦恼了很久，最后把婴儿的腿绑在树干上就离开了。**

幸好有个农夫从这里路过，看到了被遗弃的婴儿。

“哎呀，好可怜啊！是谁这么狠心！”

农夫把婴儿送到了科林斯国王那里。

**科林斯国王没有子嗣，于是收养了这个婴儿，给他起名叫作俄狄浦斯，意思是“肿胀的脚”。**

俄狄浦斯就这样在对自己身世毫不知情的情况下，茁壮成长，长成了一个英俊的青年。

**有一天，他驾着马车走在一条狭窄的道路上，遇到从对面驶来的马车。**

对面马车上的侍从大声喝道：“快让路！”

俄狄浦斯被粗鲁无礼的侍从激怒，没有给对方让路。

侍从不分青红皂白地刺了俄狄浦斯的马一剑。

俄狄浦斯一怒之下，把对面马车上的人全都杀了。

但是他却不知道，其中一个人就是他的亲生父亲拉伊俄斯。

**他做梦也没想到，他竟然亲手杀死了自己的亲生父亲。**

这时，忒拜的百姓正在遭受着一只可怕的怪物的侵扰。

这是个狮身人面且长有双翼的女怪物，她叫斯芬克斯。

斯芬克斯会拦住过路的行人并问他们谜语，行人如果答不对就会立刻被她吃掉。

**然而，一直以来没有人猜出谜语的正确答案。**

于是，忒拜人陷入了恐慌，再这样下去所有人都要被吃掉了。

1 2 3 4
1 2
1 2 3
?

俄狄浦斯听说之后，表示：

“让我来对付那个怪物！”

他立刻找到了斯芬克斯。

俄狄浦斯非常勇敢，见到这么可怕的怪物，

他竟然连眼睛都没有眨一下。

这时，斯芬克斯给俄狄浦斯出了一道谜语：

**“什么东西早晨用四只脚走路，中午用两只脚走路，晚上用三只脚走路？”**

俄狄浦斯笑眯眯地回答道：

“这个谜语太简单了。

正确答案就是人。

**当人还是个婴儿的时候用四只脚走路，长大之后用两只脚走路，年老之后要拄拐杖走路，所以用三只脚走路。”**

斯芬克斯的谜语终于被破解了。

“竟然破解了我的谜语！”

谜语被破解后，斯芬克斯感到非常羞愧，

于是跳下悬崖自杀了。

忒拜人民兴奋地呐喊道：

**“俄狄浦斯啊，**

**是您拯救了忒拜！**

请您做我们的国王吧！”

## 于是，俄狄浦斯做了忒拜的国王。

按照习俗，俄狄浦斯和丧失配偶的王后伊俄卡斯忒结婚了。他并不知道伊俄卡斯忒就是他的亲生母亲。神谕再次应验了。

俄狄浦斯和伊俄卡斯忒生活得非常幸福，可是有一天，一场传染病让忒拜全国再次陷入了恐慌之中。

看到死于传染病的人一天比一天多，俄狄浦斯去特尔斐神庙向神祇请示。

在神的揭示下，他终于得知了自己所犯的罪孽。

**“啊！原来是因为我有罪在先，上天才降下的灾祸啊。”**

俄狄浦斯痛苦不已，于是刺瞎了自己的双眼。

后来俄狄浦斯流亡他乡，就这样度过了他的一生。

# 众神谱系

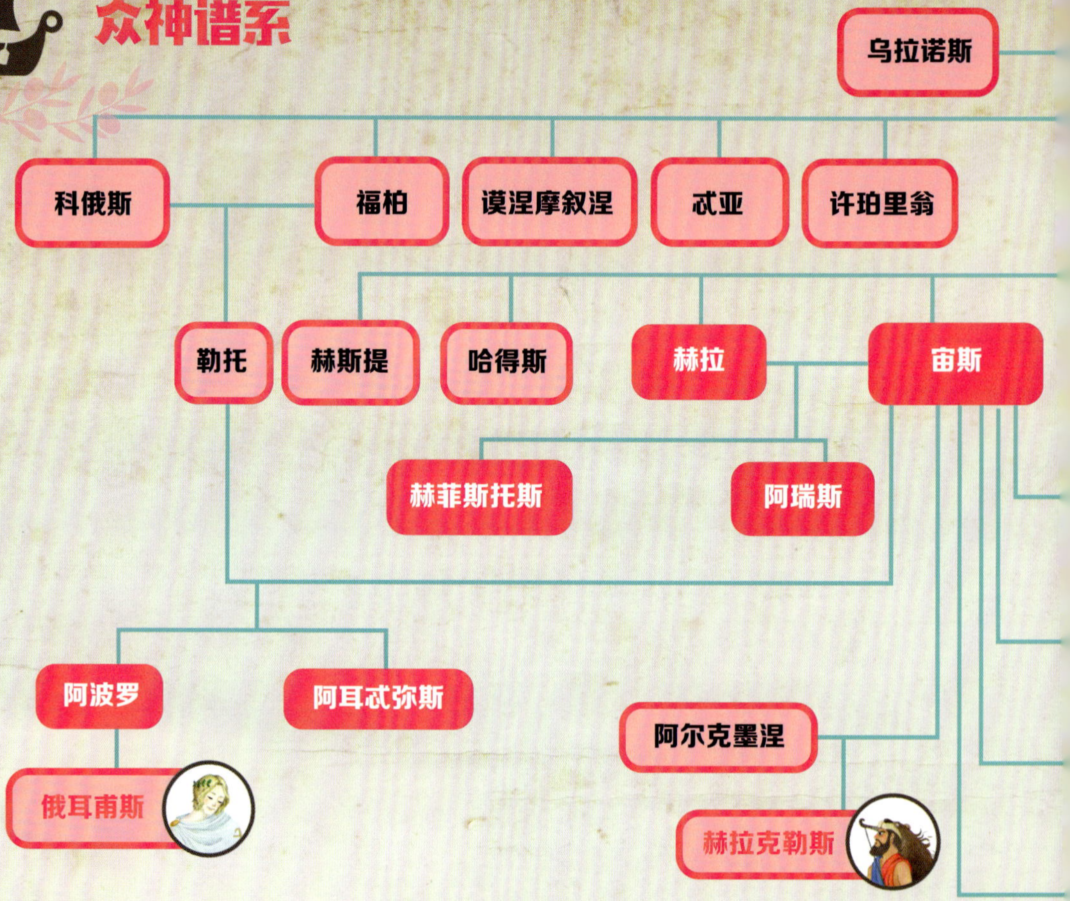


奥林匹斯十二主神

希腊神话中的其他人物

盖娅
克洛诺斯
瑞亚
忒弥斯
伊阿珀托斯
克利俄斯
泰西斯
俄刻阿诺斯
得墨忒耳
波塞冬
克吕墨涅
墨提斯
狄俄涅
塞墨勒
阿特拉斯
普罗米修斯
厄庇米修斯
潘多拉
狄俄尼索斯
迈亚
丢卡利翁
皮拉
赫耳墨斯
雅典娜
阿芙洛狄忒
伊阿宋
赫拉克勒斯
忒修斯
阿喀琉斯
奥德修斯

## 神话知识拓展

### 俄狄浦斯破解了斯芬克斯的谜语

俄狄浦斯是一位勇敢、智慧的英雄，他解开了怪物斯芬克斯的谜语，但也遭遇了弑父娶母的悲惨命运。

阿提卡红彩陶器上的俄狄浦斯和斯芬克斯，藏于梵蒂冈博物馆

### 斯芬克斯这个名字产生于古希腊时期

斯芬克斯是狮身人面、身上长着翅膀的女怪物。名字源于希腊语中的“Sphink”（捆紧）一词，在希腊神话中以怪物的形象出现。斯芬克斯和另外三只怪物（海德拉、奇美拉、刻耳柏洛斯）都是同一对父母所生。海德拉是一条长着九个头的水蛇；奇美拉长着狮子的头、山羊的身躯和蟒蛇的尾巴；刻耳柏洛斯是地狱的看门犬，它有三个头，常被称为地狱三头犬。

希腊的斯芬克斯石像

## 俄狄浦斯的大女儿安提戈涅极为孝顺

俄狄浦斯的罪行众所周知后，所有人都辱骂他，但是俄狄浦斯的大女儿安提戈涅却自始至终守护在双目失明的父亲身边。她在父亲流亡的路上一直伴其左右，直到父亲离世才回到忒拜。

查尔斯·弗朗索瓦·雅拉贝尔《俄狄浦斯和安提戈涅》，藏于马塞美术馆

埃及的斯芬克斯石像

## 斯芬克斯最初源于古埃及

斯芬克斯在古埃及被看作是象征王权的神圣之物。在埃及建有王宫、神庙、金字塔的地方，我们经常能发现斯芬克斯石像和雕塑。位于哈夫拉金字塔的狮身人面像是目前规模最大、最古老的一个。它用石头雕塑而成，长约 70 米，高约 20 米，面部宽约 4 米，很多人认为这座石像的头部塑造的是哈夫拉法老生前的样子。

# 常识拓展

## 有一种心理现象叫作“俄狄浦斯情结”

社会

这种情结一般出现在3～6岁的男孩身上，他们因想要独占母亲的爱而嫉妒父亲，把父亲当作竞争对手，试图取代父亲在父母关系中的位置。精神分析学家弗洛伊德将这种心理现象命名为“俄狄浦斯情结”。它来源于俄狄浦斯无意中杀父娶母的故事。

母亲和男孩

## 忒拜是位于希腊中部的古代城邦国家

地理

忒拜是俄狄浦斯登上王位之后统治的城邦国家，它位于雅典的北部、希腊的中部。在忒拜不仅诞生了俄狄浦斯，英雄赫拉克勒斯也在这里出生。忒拜是很多神话故事的发生地。忒拜和雅典之间矛盾不断，但和斯巴达来往密切。

英雄赫拉克勒斯

神和英雄的故事

希腊神话有意思

# 俄耳甫斯勇闯冥界

[韩] 申妍美 编著 [韩] 慧也 绘 张璟曦 译

中信出版集团 | 北京

图书在版编目（CIP）数据

俄耳甫斯勇闯冥界 /（韩）申妍美编著 ;（韩）慧也绘 ; 张璟曦译 . -- 北京 : 中信出版社 , 2022.8
（希腊神话有意思 . 神和英雄的故事）
ISBN 978-7-5217-4436-1

Ⅰ . ①俄… Ⅱ . ①申… ②慧… ③张… Ⅲ . ①儿童故事 - 图画故事 - 韩国 - 现代 Ⅳ . ① I312.685

中国版本图书馆 CIP 数据核字 (2022) 第 082622 号



俄耳甫斯勇闯冥界
（希腊神话有意思 · 神和英雄的故事）

编 著 者：［韩］申妍美
绘　　者：［韩］慧也
译　　者：张璟曦
出版发行：中信出版集团股份有限公司
（北京市朝阳区惠新东街甲4号富盛大厦2座　邮编　100029）
承 印 者：北京华联印刷有限公司

开　　本：889mm × 1194mm　1/24　　印　　张：$15\frac{1}{6}$　　字　　数：420千字
版　　次：2022年8月第1版　　印　　次：2022年8月第1次印刷
京权图字：01-2022-1399　　书　　号：ISBN 978-7-5217-4436-1
定　　价：99.00元（全10册）

出　　品：中信儿童书店
图书策划：好奇岛
策划编辑：明立庆
责任编辑：曹威
营销编辑：张远 张琛
封面设计：谢佳静
内文排版：杨兴艳

## 主要登场人物

### 俄耳甫斯

音乐之神阿波罗的儿子，擅长演奏里拉琴。深爱的妻子因被毒蛇咬伤中毒而死，他为了找回妻子舍身进入冥府。

### 欧律狄刻

俄耳甫斯的妻子，为了躲避牧羊人阿里斯泰俄斯被毒蛇咬伤，中毒而死。

### 哈得斯

宙斯的兄弟，希腊神话中的冥王。他把得墨忒耳的女儿普西芬尼掳走做他的妻子。

## 几个关键词读懂 俄耳甫斯

俄耳甫斯是音乐之神阿波罗的儿子，
擅长演奏里拉琴。

**家庭关系**

父亲：阿波罗
妻子：欧律狄刻

**象征**

里拉琴
至爱

**名字的含义**

黑暗
孤儿

**相关事件**

乘坐阿耳戈号去
夺取金羊毛
去冥界寻找欧律狄刻

**星座**

天琴座

俄耳甫斯是阿波罗的儿子。

阿波罗送给他一把黄金里拉琴，还传授给他卓越的演奏技巧，所以俄耳甫斯弹得一手好琴。

**只要俄耳甫斯奏起里拉琴，山林里的动物们就会三三两两地聚在一旁静静聆听。**

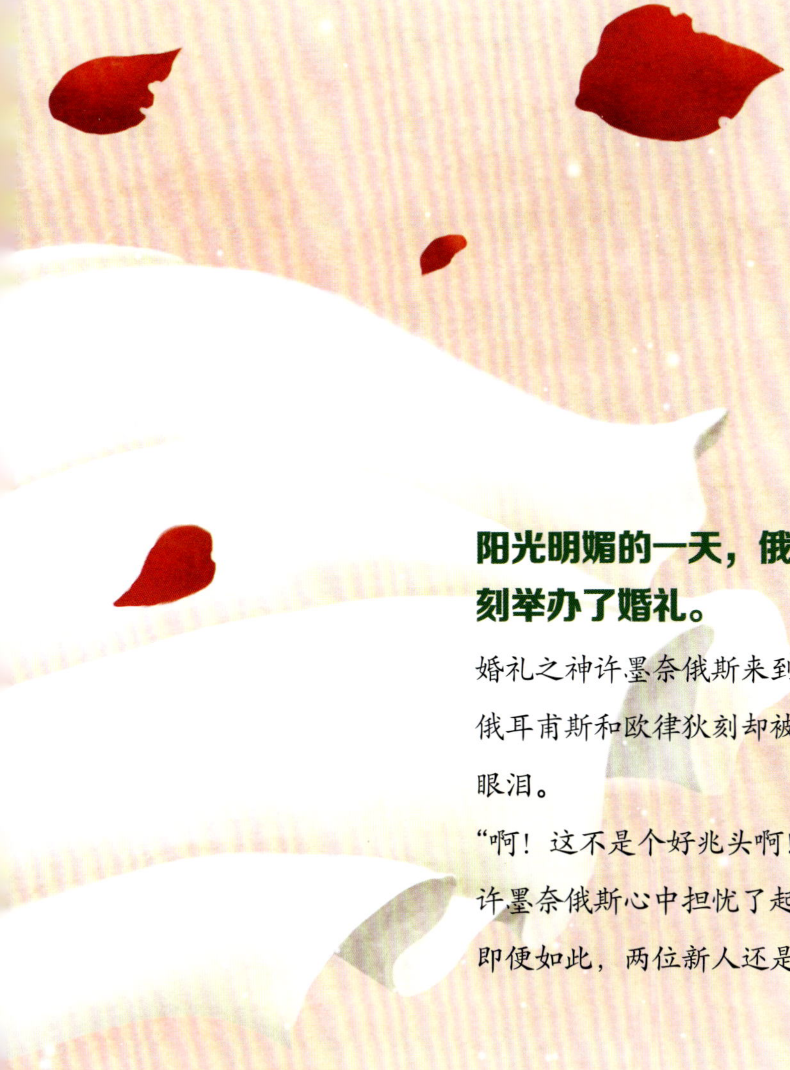

**阳光明媚的一天，俄耳甫斯和他心爱的欧律狄刻举办了婚礼。**

婚礼之神许墨奈俄斯来到他们的婚礼现场送祝福，但是俄耳甫斯和欧律狄刻却被许墨奈俄斯的火炬熏得一直流眼泪。

“啊！这不是个好兆头啊！”

许墨奈俄斯心中担忧了起来。

即便如此，两位新人还是感到非常幸福。

有一天，欧律狄刻和仙女们一起去田野上采花。

**见到欧律狄刻，牧羊人阿里斯泰俄斯一下子就被迷住了。**

他情不自禁地跟随着欧律狄刻，对她说：

“请你千万不要逃走！我只是想和你说说话。”

不管欧律狄刻怎么拒绝，阿里斯泰俄斯都充耳不闻。欧律狄刻害怕地拔腿就跑，跑着跑着，她突然无力地倒下了。

**原来，她被毒蛇咬到了后脚跟。于是，欧律狄刻就这样离开了人世。**

俄耳甫斯听说这个噩耗后，立即赶了过来。

他抱着死去的欧律狄刻不停地流眼泪。

他向农业女神得墨忒耳祈祷：

**“我想去冥界把我的妻子欧律狄刻找回来。**
**请您告诉我去冥界的路吧。”**

“虽然我的女儿普西芬尼是冥后，但是连我也不能随便出入冥界啊。”

得墨忒耳极力劝阻，谁知这并没有打消俄耳甫斯的决心。

没办法，得墨忒耳只好为他指了路。

俄耳甫斯走进得墨忒耳告诉他的洞穴，一直走到了能够通往冥界的冥河边，在那里他见到了冥河的艄公。

“这条河只有死人才能过。
你尚为生者，速速回去！”

**俄耳甫斯奏起了黄金里拉琴，美妙的乐声打动了艄公，就这样他顺利地渡过了冥河。**

但是，前面还有一条有亡灵出没的漫漫长路在等着他。

走过这段恐怖的道路，俄耳甫斯终于到达冥界，见到了冥王哈得斯和冥后普西芬尼。

俄耳甫斯在哈得斯和普西芬尼面前一边演奏黄金里拉琴，一边唱着哀伤的歌。

**“冥王哈得斯啊，请您让我那被毒蛇咬伤而死的妻子回到我身边。**

是爱引领了我，使我历尽千难万险，才来到您的面前。我请求您让我的妻子复活，日后我会和妻子一起来见您。若非如此，我宁可死去，也不愿独自活在人间！”

俄耳甫斯的琴声和歌声停下来时，亡灵们早已泪流满面。

哈得斯也实在不忍心拒绝俄耳甫斯的请求，说道：

“好吧，你可以带走欧律狄刻！

不过，你要遵守以下两条规则。

**一，你走在前面，欧律狄刻在后面跟着你。**

**二，在走出冥界之前，你绝对不能回头看。”**

俄耳甫斯流着眼泪，保证自己能够做到。

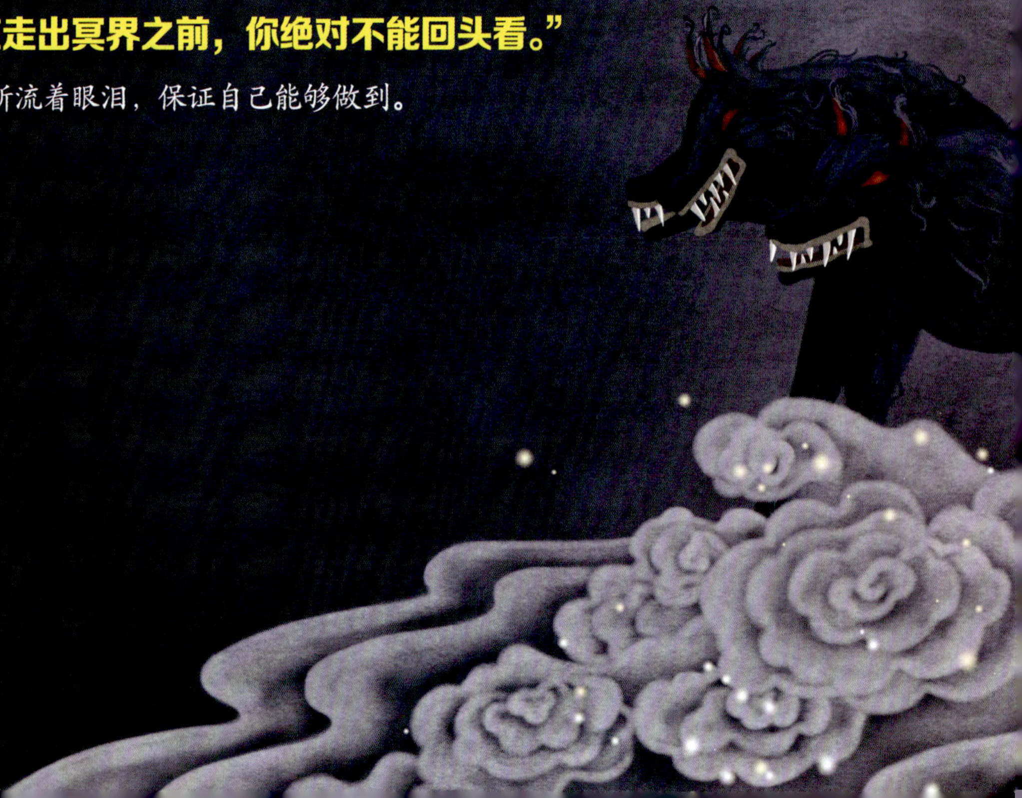

**俄耳甫斯带着欧律狄刻踏上**
**重返人间的道路。**

按照哈得斯的要求，俄耳甫斯走在前面，欧律狄刻跟在后面，两个人在一条黑暗又凶险的路上走啊走。

俄耳甫斯总是很担心妻子没跟上，于是他问道：

“你在好好跟着我吗？”

欧律狄刻答道：“当然了，千万不要回头看啊。”

他们终于到达了回到人间的出口。

俄耳甫斯刚刚迈入有光照的地方，感觉一下松了一口气。

“现在回头看一眼应该没问题吧？”

**就在俄耳甫斯转头的瞬间，欧律狄刻再次被拖回了冥界。**

俄耳甫斯伸出手去想要抓住她，但是欧律狄刻早已消失得无影无踪。

俄耳甫斯流着眼泪独自回到了人间，度日如年，实在无法接受两度失去妻子的事实。

**他每天弹奏着黄金里拉琴，口中唱着悲痛欲绝的歌。**

村庄里的姑娘们费尽心机，想要得到俄耳甫斯的倾慕，但是俄耳甫斯却连看都不看她们一眼。

次次遭到拒绝的姑娘们恼羞成怒，
用长枪刺死了俄耳甫斯。
俄耳甫斯终于去冥界了，
在那里见到了日思夜想的欧律狄刻。
最后，他们在幸福的乐园永远地生活在了一起。

**宙斯收走了俄耳甫斯的黄金里拉琴，把它变成了夜空中的星座，永远祝福着他们的爱情。**

# 众神谱系

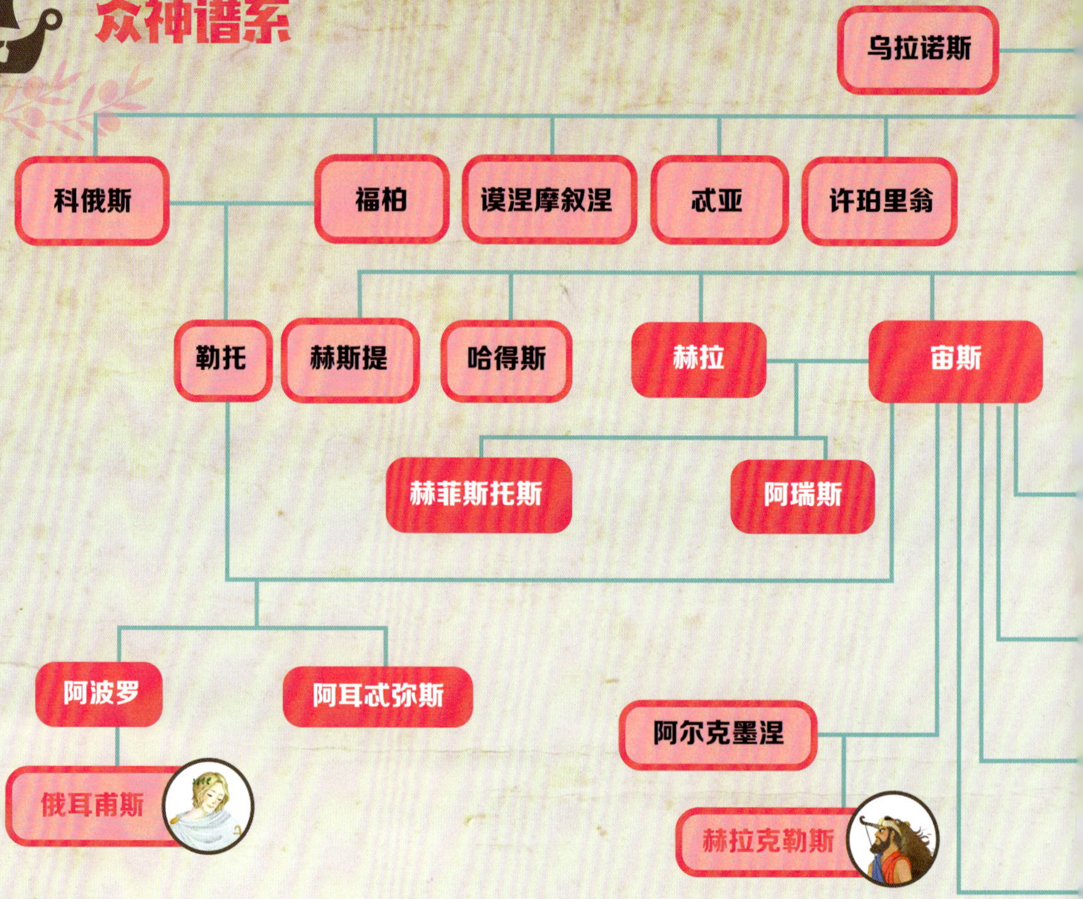


奥林匹斯十二主神

希腊神话中的其他人物

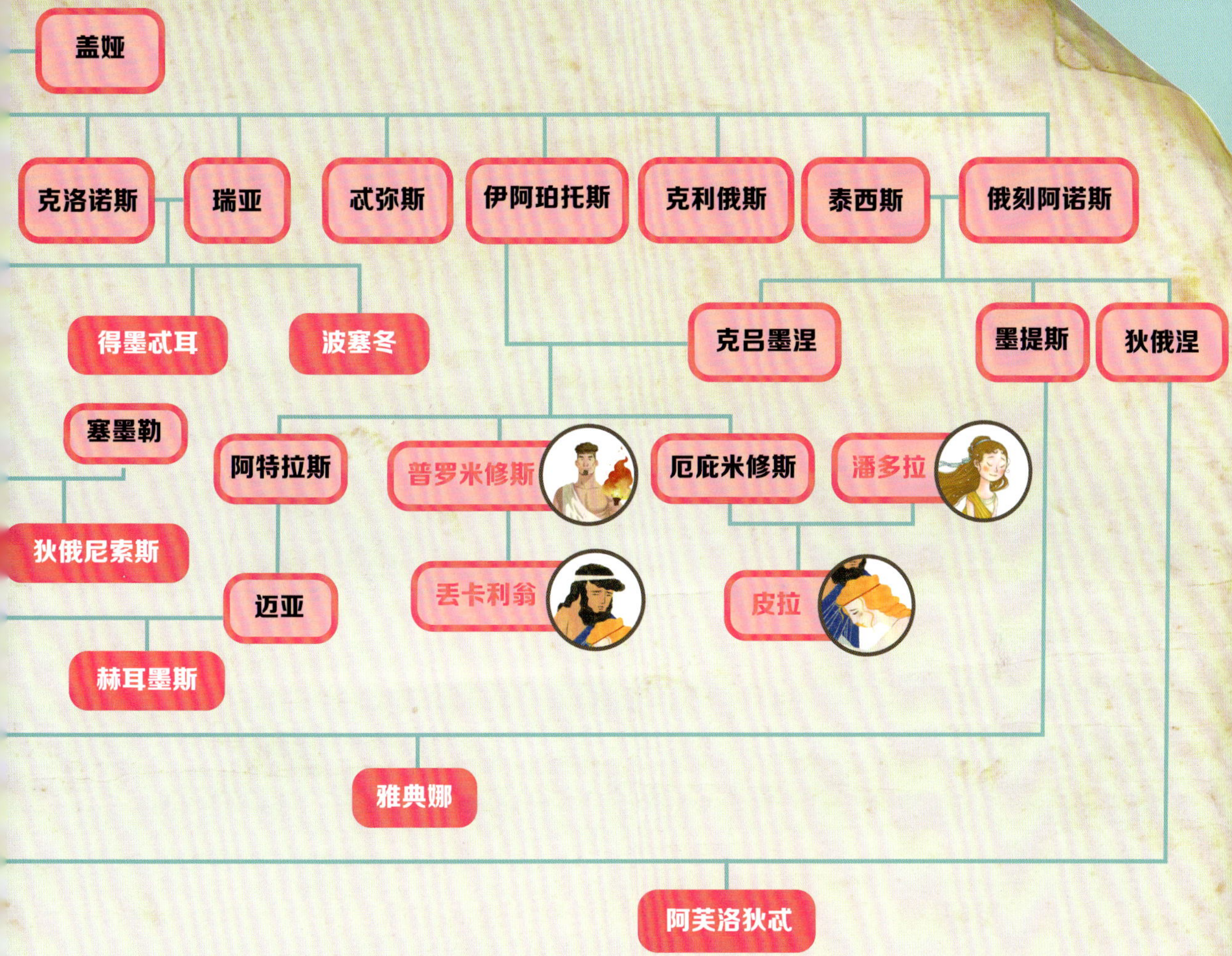
盖娅
克洛诺斯
瑞亚
忒弥斯
伊阿珀托斯
克利俄斯
泰西斯
俄刻阿诺斯
得墨忒耳
波塞冬
克吕墨涅
墨提斯
狄俄涅
塞墨勒
阿特拉斯
普罗米修斯
厄庇米修斯
潘多拉
狄俄尼索斯
迈亚
丢卡利翁
皮拉
赫耳墨斯
雅典娜
阿芙洛狄忒

伊阿宋
赫拉克勒斯
忒修斯
阿喀琉斯
奥德修斯

# 神话知识拓展

## 俄耳甫斯为找回死去的欧律狄刻去了冥界

成功到达冥界的俄耳甫斯为哈得斯和普西芬尼演奏里拉琴，被感动的冥王和冥后允许他带走欧律狄刻。冥王告诉他在回到人间的路上绝对不能回头，俄耳甫斯没有遵守约定，最终还是没能把妻子救回。自此，俄耳甫斯陷入极度的哀痛之中，最终悲惨地离开了人世。

俄耳甫斯雕像

卡洛斯·施瓦布《伊利西亚的田园》，私人藏品

## 俄耳甫斯和欧律狄刻在伊利西亚永远地生活在了一起

伊利西亚是希腊神话中的极乐世界，那里没有寒冷，四季如春，无论何时都吹着西风。据说，被众神青睐的英雄和凡人在结束自己人间的生命之后，就会来到这里永远幸福地生活下去。在伊利西亚生活的除了俄耳甫斯和欧律狄刻，还有斯巴达国王墨涅拉俄斯和他的妻子海伦、特洛伊战争中的英雄阿喀琉斯、忒拜的创建者卡德摩斯、奥德修斯的妻子珀涅罗珀等。

## 除了俄耳甫斯以外，还有其他凡人到过冥界

哈得斯掌管的冥界只有死者才可以去，不过除了俄耳甫斯以外，还有几位生者曾经去过冥界。大英雄赫拉克勒斯就曾经去过冥界，他把地狱三头犬刻耳柏洛斯抓到了人间。特洛伊战争中的英雄奥德修斯也曾为了询问归乡的方法，到冥界去找预言者忒瑞西阿斯的亡灵。另外，厄洛斯的妻子普赛克也曾被阿芙洛狄忒派到冥界完成任务。

费德里戈·切尔韦利《俄耳甫斯和欧律狄刻》，藏于意大利奎利尼·斯坦帕里亚基金会博物馆

## 俄耳甫斯曾和伊阿宋一起乘坐阿耳戈号去探险

伊阿宋乘坐阿耳戈号去科尔喀斯寻找金羊毛时，俄耳甫斯也在队伍中。俄耳甫斯弹奏的音乐就是他的武器，他曾经用里拉琴声平息了大海上的风暴，驱散海妖塞壬三姐妹的歌声，拯救了同伴。

## 常识拓展

### 俄耳甫斯的黄金里拉琴变成了天琴座

从夏季到秋季都可以在夜空中看到天琴座，它就位于银河的西岸，和天蝎座一样是夏季星空具有代表性的星座。天琴座中包含织女星，它是夜空中最亮的恒星之一。虽然天琴座被人们想象成里拉琴的样子，但它的实际外形和里拉琴还是略有不同的。

天琴座

### 欧律狄刻被毒蛇咬伤

毒蛇有可以分泌毒液的毒腺，它用尖锐的牙齿咬住人或动物时，毒液就会从尖牙射出。比较具有代表性的毒蛇有蝮蛇、眼镜蛇等。黑曼巴蛇属于眼镜蛇科，可以说是世界上最可怕的蛇之一，一条黑曼巴蛇的毒液量足够杀死十几个人。

黑曼巴蛇

神和英雄的故事

希腊神话有意思

# 奥德修斯海上历险

[韩] 徐宝贤 编著　[韩] 金三贤 绘　张璟曦 译

中信出版集团 | 北京

图书在版编目（CIP）数据

奥德修斯海上历险 /（韩）徐宝贤编著；（韩）金三贤绘；张璟曦译 . -- 北京 : 中信出版社 , 2022.8
（希腊神话有意思 . 神和英雄的故事）
ISBN 978-7-5217-4436-1

Ⅰ . ①奥… Ⅱ . ①徐… ②金… ③张… Ⅲ . ①儿童故事 – 图画故事 – 韩国 – 现代 Ⅳ . ① I312.685

中国版本图书馆 CIP 数据核字 (2022) 第 082627 号



奥德修斯海上历险
（希腊神话有意思 · 神和英雄的故事）

编 著 者：［韩］徐宝贤
绘　　者：［韩］金三贤
译　　者：张璟曦
出版发行：中信出版集团股份有限公司
（北京市朝阳区惠新东街甲4号富盛大厦2座　邮编　100029）
承 印 者：北京华联印刷有限公司

开　　本：889mm × 1194mm　1/24　　印　　张：$15\frac{1}{6}$　　字　　数：420千字
版　　次：2022年8月第1版　　印　　次：2022年8月第1次印刷
京权图字：01-2022-1399　　书　　号：ISBN 978-7-5217-4436-1
定　　价：99.00元（全10册）

出　　品：中信儿童书店
图书策划：好奇岛
策划编辑：明立庆
责任编辑：曹威
营销编辑：张远 张琛
封面设计：谢佳静
内文排版：杨兴艳

# 主要登场人物

## 奥德修斯

在特洛伊战争中，他运用木马计带领希腊军队取得了胜利。在返回故乡的路上，他遭遇了许多艰难险阻。

## 波吕斐摩斯

他属于独眼巨人族，性格十分粗暴，后来被奥德修斯刺瞎了仅有的一只眼睛，自此失明。

## 喀尔刻

太阳神赫里阿斯之女，巫术女神。她曾把奥德修斯的船员们变成了一只只猪崽儿。

## 加里普索

她是海之仙女，因为喜欢奥德修斯，将他困在岛上七年之久，后来遵从宙斯的命令放走了奥德修斯。

# 几个关键词读懂 奥德修斯

奥德修斯是在特洛伊战争中带领希腊军队
取得胜利的英雄。

**家庭关系**

妻子：珀涅罗珀

**名字的含义**

被憎恶者

**象征**

勇士

谋略

冒险

不屈的意志

**罗马神话中的名字**

尤利西斯

**相关事件**

特洛伊战争

**文学作品**

荷马史诗

《奥德赛》

特洛伊战争历经十年，终于落下了帷幕。

奥德修斯想出来的妙计使战局峰回路转，最终希腊军队获得了胜利。经此一战，奥德修斯也成了特洛伊战争中的英雄人物。

**奥德修斯归心似箭，立刻带领他的手下登上一艘大船，赶紧向着故乡伊塔卡出发了。**

谁能想到，在前往伊塔卡的路上，竟然还有各种各样的艰难险阻在等待着奥德修斯。

他能平安地回到故乡吗？

**奥德修斯乘风破浪，途中避免不了在陌生的地方短暂停留。**

每到一个地方总要经历点儿什么才算不虚此行呀。让我们看看，他将身处怎样的危险困境，又将经历哪些与众不同的冒险。

在他们停留的第一个地方，奥德修斯一行人和当地人打了起来，结果痛失几名船员。第二个地方是一座小岛，在那里，船员们吃了忘忧树长出的果实，结果忘却往事，陷入了沉睡，奥德修斯差点儿没能把他们带离小岛。

后来，他们为了寻找食物来到了第三个地方，谁知这里比前两个地方更加危险。

那天，奥德修斯和船员们拿着交换粮食的酒走下船，踏上了这座岛。

走着走着，船员说："那边的洞穴里好像有东西。"

奥德修斯走进那个洞穴，想要一探究竟。

洞穴里一个人也没有，却挂满了可口的羊肉，

摆满了香甜的奶酪。

船员们欣喜道：“这里竟然有这么多美味，够我们吃的了。”

于是奥德修斯在原地等待着洞穴的主人回来。

没过一会儿，洞穴主人大步流星地走了进来。

奥德修斯一看，这不是独眼巨人吗？

独眼巨人看到奥德修斯一行人，发出了如雷鸣一般的声音，他大吼道：

**“是谁？竟敢随随便便进别人的家里！”**

说完，独眼巨人把羊群赶到了洞穴内，还用巨石堵住了洞穴的入口。

奥德修斯勇敢地挺身而出，回答道：

“我们是特洛伊战争胜利后荣归故里的希腊人。在此以神之名向您请求，能否分些粮食给我们呢？”

独眼巨人没有回答，而是从地上捏起奥德修斯的两名船员，放进嘴里咯吱咯吱地吃掉了。

**“我是独眼巨人族的波吕斐摩斯。我绝不会跟你们分享我的食物！而且我还要吃了你们！”**

奥德修斯和他的船员们吓得急忙躲到了岩石后面。

波吕斐摩斯吃饱后打着呼噜睡着了。

这时，船员对奥德修斯说：

“机会来了！趁这个怪物睡着的时候把他消灭掉！”

但奥德修斯却不同意这么做，他说：

**“如果他死了，谁来挪开堵住洞口的那块大石头呢？就算把怪物杀死了，我们还是会被困在这个洞穴里。”**

奥德修斯冥思苦想，一夜未合眼，终于他灵光一现：“对了！我们带了酒！”

第二天吃晚饭的时候，奥德修斯给波吕斐摩斯敬酒，说道：“吃完肉再喝这个酒，清爽又解腻。您尝尝吧。”

于是波吕斐摩斯接过奥德修斯敬的酒，咕咚咕咚全喝完了。

喝醉了的波吕斐摩斯昏昏沉沉地打起了瞌睡。

**这时，奥德修斯蹑手蹑脚地走近波吕斐摩斯，用尖锐的棍子刺向了独眼巨人唯一的眼睛。**

被刺瞎的巨人痛苦地大喊道：“啊！我的眼睛！你们这些坏家伙，我要把你们全吃掉！”

但是波吕斐摩斯已经瞎了，无法抓到任何人。

第二天，波吕斐摩斯搬走了堵在洞口的大石头，

和往常一样准备把羊放出洞外吃草。

接着他恶狠狠地朝着洞穴里面说：

**“你们这些家伙，别想偷偷溜走！被我抓到就死定了！”**

波吕斐摩斯在洞口一一抚摸羊的脊背，防止他们骑羊逃走。

奥德修斯和船员们把自己倒挂在羊肚子下面，

最终安然无恙地逃出了洞穴。

他还把波吕斐摩斯的羊群也带上了船，重新踏上了回乡之路。

有一天，奥德修斯一行人乘着船来到了埃埃亚岛，

岛上住着巫术女神喀尔刻。

奥德修斯派了几名船员前往岛中央的宫殿探查。

“你们去宫殿打探打探！”

结果船员们中了喀尔刻的魔法，变成了一只只猪崽儿。

幸好有一个人逃了出来，把这件事告诉了奥德修斯。

奥德修斯在前去解救船员的途中遇到了众神的使者赫耳墨斯。

**赫耳墨斯将抵抗魔法的药草递给奥德修斯，嘱咐他说：**

**“拿刀指着喀尔刻，一定要让她跪下发誓不再伤害你们！”**

喀尔刻终于被打败了。

奥德修斯按照赫耳墨斯说的那样让喀尔刻跪下，对她说：

**“喀尔刻，你得发誓不再对我和我的船员们使坏！”**

喀尔刻发了誓，把船员重新变回了人类。

接着她又准备了美味佳肴，好好地招待了奥德修斯一行人。

奥德修斯在埃埃亚岛上安稳度过了一年后，决定再次踏上回乡的路。

喀尔刻对奥德修斯依依不舍，但还是告诉奥德修斯在海上可能还会遇到难缠的怪物，并教给了他抵御的方法。

奥德修斯一行人乘着船在波涛汹涌的大海中乘风破浪。

但是该来的还是来了，他们没能成功地躲避开喀尔刻所说的怪物。

首先遇到的是海妖塞壬三姐妹。海妖们会用致命的歌声诱惑过往的船员，使他们遭遇灭顶之灾。奥德修斯按照喀尔刻说的那样命令船员："大家用蜡堵住耳朵，然后把我绑在桅杆上！"就这样，他们幸运地逃过一劫。

但是，后来他们又遇到了长着六只狗头的海怪斯基拉，结果奥德修斯再次痛失了几名手下。

然而，真正的悲剧发生在斯利纳西亚岛上。岛上有成群的牛，奥德修斯警告船员：

**"喀尔刻说过绝对不能吃这个岛上的牛！"**

然而，面对眼前这些肥美的牛，饿得不行的船员们最终还是违背了命令，偷吃了岛上的牛。

正吃着肉的船员突然喊道:“啊!这是什么?”

只听那牛肉竟然发出了哞哞的叫声,牛皮和牛骨头在地上蠕动着。

奥德修斯和船员们慌慌张张地乘船离开了这座岛。

然而,他们的船被突然袭来的暴风雨打得支离破碎。

船员全部遇难身亡,只剩奥德修斯一人被海浪冲到了一座岛上。

这座岛上住着海之仙女加里普索。

加里普索救了奥德修斯,在她的精心照顾下,奥德修斯很快就康复了。

加里普索请求道:

**“我将让你成为不死之身,今后你就和我一起生活在这里吧!”**

虽然加里普索百般哀求,但奥德修斯自始至终都没有改变他的答案:

“我一定要回到我的家乡,我的妻子在等我!”

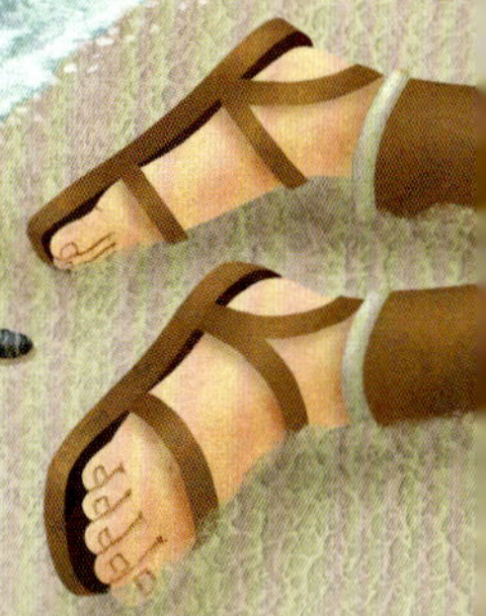

加里普索挽留奥德修斯整整七年，始终不放他走。

最后，至高无上的天神宙斯出面来劝诫加里普索："加里普索，放奥德修斯回去吧！"她这才放了奥德修斯。

奥德修斯乘着木筏再次驶向汹涌的大海，又经历了各种各样的艰难险阻。

就这样，在大海上漂流了很久很久后，奥德修斯终于回到了故乡。

妻子欣喜地喊道："奥德修斯！我就知道你一定会回来！"

奥德修斯终于见到了日夜思念的妻子，从此他们过上了幸福快乐的生活。

# 众神谱系

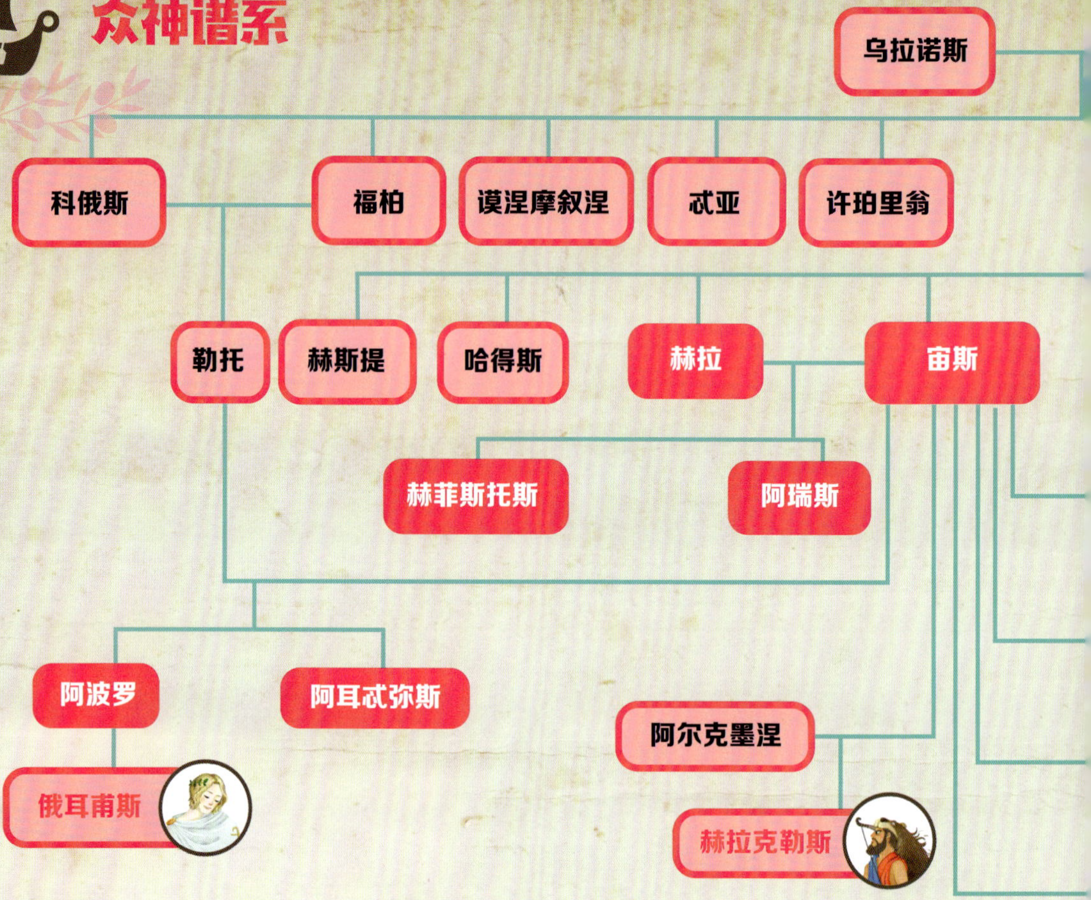


奥林匹斯十二主神

希腊神话中的其他人物

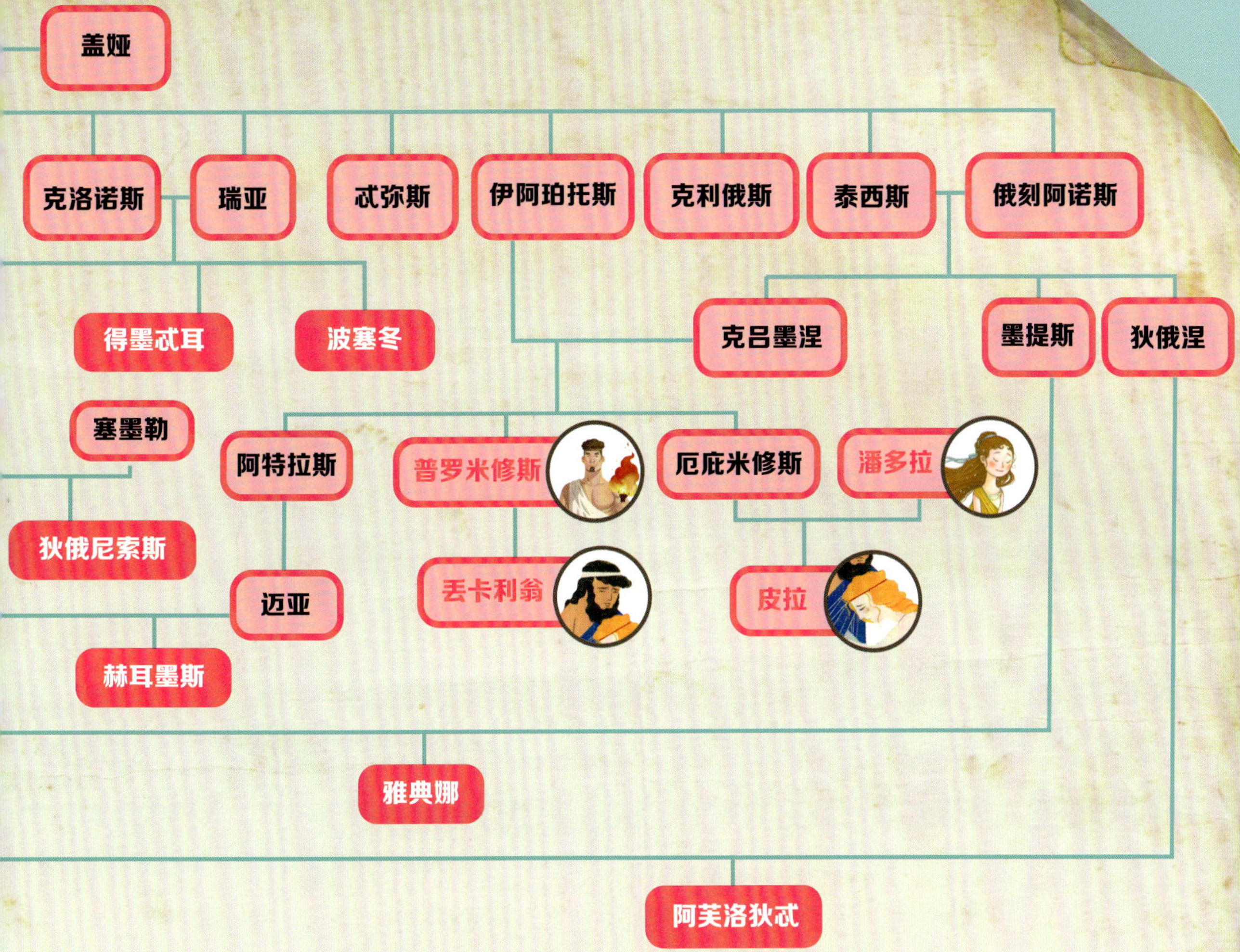
盖娅
克洛诺斯
瑞亚
忒弥斯
伊阿珀托斯
克利俄斯
泰西斯
俄刻阿诺斯
得墨忒耳
波塞冬
克吕墨涅
墨提斯
狄俄涅
塞墨勒
阿特拉斯
普罗米修斯
厄庇米修斯
潘多拉
狄俄尼索斯
丢卡利翁
皮拉
迈亚
赫耳墨斯
雅典娜
阿芙洛狄忒

伊阿宋
赫拉克勒斯
忒修斯
阿喀琉斯
奥德修斯

# 神话知识拓展

## 奥德修斯是在特洛伊战争中带领希腊军队取得胜利的英雄

他是伊塔卡的国王，是希腊神话中的著名英雄之一。他在特洛伊战争中带领希腊军队取得胜利，后来在回乡的路上经历了各种冒险，漂泊近十年后，好不容易才回到故乡。

奥德修斯雕像

## 奥德修斯因刺瞎波吕斐摩斯的眼睛而得罪海神波塞冬

波吕斐摩斯是独眼巨人族中极其野蛮而可怕的巨人。波吕斐摩斯把奥德修斯和他的船员们关在洞穴中，想吃掉他们，结果被奥德修斯用尖锐的棍子刺瞎了仅有的一只眼睛。奥德修斯一行人逃跑后，波吕斐摩斯向父亲海神波塞冬祈求，希望奥德修斯失去所有手下，让他只能乘别人的船离开。

波塞冬按照波吕斐摩斯祈求的那样阻挠了奥德修斯的航行，结果奥德修斯果真失去了他的所有手下，漂泊多年后才回到了故乡。

## 喀尔刻是有名的巫术女神

喀尔刻是太阳神赫里阿斯的女儿，她生活在埃埃亚岛上，用魔法把讨厌的人全都变成了动物。她因嫉妒美丽的仙女斯基拉，把她变成了长着六只狗头的怪物，又因田园之神皮库斯拒绝她的爱，就把他变成了啄木鸟。

她把奥德修斯的船员们变成了猪崽儿，奥德修斯在赫耳墨斯的帮助下没有中魔法。喀尔刻战败后向奥德修斯下跪发誓，还把他的船员们又变回了人类。

约翰·威廉姆·沃特豪斯《喀尔刻向奥德修斯敬酒》，藏于英国奥尔德姆美术馆

## 奥德修斯的妻子珀涅罗珀一直等待丈夫归来

奥德修斯很多年都没有回家，有人觊觎奥德修斯的财产和他的妻子珀涅罗珀，把他的家里弄得一团糟。

珀涅罗珀为了代替丈夫守护这个家而竭尽全力。但是要想劝退所有缠着她结婚的男人并不是一件容易的事。所以珀涅罗珀想出了一个计策。她向众人宣称要先把公公的寿衣织好，再从求婚者中挑选一个人改嫁。于是，她白天坐在织布机前织布，晚上又把织好的布料拆开。这样一来，她就可以用永远织不完的衣服来拖延时间。因此，夜以继日地工作但仍做不完的事就被称为“珀涅罗珀的织物”。

# 常识拓展

## 荷马的《奥德赛》讲述了奥德修斯的冒险故事

文学

《奥德赛》相传是古希腊诗人荷马在公元前八世纪时创作的史诗，作品名意为“奥德修斯之歌”，共有二十四卷。除《奥德赛》之外，荷马还创作了史诗《伊利亚特》，主要讲述了特洛伊战争最后一年的事情。《奥德赛》和《伊利亚特》统称为“荷马史诗”，是古希腊最著名的史诗，对西欧的文学产生了很大的影响。

荷马雕像

## 美国发射过名为“奥德赛”的火星探测器

科学

2001 年 4 月 7 日，美国国家航空航天局在肯尼迪航天中心发射了奥德赛号火星探测器。探测器的官方名称是“火星奥德赛号”。这个名字来源于荷马的《奥德赛》。

奥德赛号在发射约六个月后，于 2001 年 10 月 24 日成功进入火星轨道。奥德赛号的主要工作包括观察火星的气候和土壤，它还在火星上发现了冰的痕迹。

火星表面

神和英雄的故事

希腊神话有意思

# 阿喀琉斯和特洛伊战争

[韩]徐宝贤 编著 [韩]全炳俊 绘 张璟曦 译

中信出版集团 | 北京

图书在版编目（CIP）数据

阿喀琉斯和特洛伊战争 /（韩）徐宝贤编著；（韩）全炳俊绘；张璟曦译 . -- 北京：中信出版社，2022.8

（希腊神话有意思 . 神和英雄的故事）

ISBN 978-7-5217-4436-1

Ⅰ . ①阿… Ⅱ . ①徐… ②全… ③张… Ⅲ . ①儿童故事 - 图画故事 - 韩国 - 现代 Ⅳ . ① I312.685

中国版本图书馆 CIP 数据核字 (2022) 第 082629 号



**阿喀琉斯和特洛伊战争**

**（希腊神话有意思 · 神和英雄的故事）**

编 著 者：[ 韩 ] 徐宝贤

绘　　者：[ 韩 ] 全炳俊

译　　者：张璟曦

出版发行：中信出版集团股份有限公司

（北京市朝阳区惠新东街甲4号富盛大厦2座　邮编　100029）

承 印 者：北京华联印刷有限公司

开　　本：889mm × 1194mm　1/24　　印　　张：$15\frac{1}{6}$　　字　　数：420千字

版　　次：2022年8月第1版　　印　　次：2022年8月第1次印刷

京权图字：01-2022-1399　　书　　号：ISBN 978-7-5217-4436-1

定　　价：99.00元（全10册）

出　　品：中信儿童书店

图书策划：好奇岛

策划编辑：明立庆

责任编辑：曹威

营销编辑：张远 张琛

封面设计：谢佳静

内文排版：杨兴艳

# 主要登场人物

**阿喀琉斯**

他是希腊军队的将领，在特洛伊战争中立下了汗马功劳。他唯一的弱点是脚后跟，后来被特洛伊王子帕里斯射中脚后跟而死。

**帕里斯**

他是特洛伊的王子，夺走了斯巴达国王墨涅拉俄斯的妻子海伦，引发了特洛伊战争。

**赫拉**

奥林匹斯十二主神中至高无上的女神，也是婚姻和家庭之神。她是宙斯的妻子。

**雅典娜**

奥林匹斯十二主神之一，是智慧、战争女神。比起战争，她更加向往和平，在保护人类的战争中，她会抗争到底。

**阿芙洛狄忒**

奥林匹斯十二主神之一，是爱与美的女神。她的金腰带可以让所有人爱上她。

## 几个关键词读懂 阿喀琉斯

他作为希腊军队的将领，参加了特洛伊战争，
并立下了汗马功劳。

**家庭关系**

父亲：珀琉斯

母亲：忒提斯

**其他称呼**

阿基里斯

**象征**

勇士

**相关事件**

特洛伊战争

**文学作品**

荷马史诗

《伊利亚特》

海之仙女忒提斯邀请了所有的神来参加她的婚礼，却唯独没有邀请纠纷与不和的女神厄里斯。

厄里斯总是到处挑起事端，忒提斯正是害怕她破坏婚礼才没有邀请她。

**于是愤怒的厄里斯把刻有“致最美丽的女神”字样的金苹果丢在礼堂中央就离开了。**

至高无上的女神赫拉、爱与美的女神阿芙洛狄忒和智慧女神雅典娜都来争夺金苹果。

“我是至高无上的女神，我理所应当拥有它。”

“我可是爱与美的女神阿芙洛狄忒！”

“我不仅外表美丽，还拥有出众的智慧，这个苹果应该是我的！”

“天神宙斯，您来评评理，这个金苹果应该给谁？”

宙斯不想插手女神们的争夺，于是把特洛伊王子帕里斯叫来做“裁判”。

“帕里斯，我命你去把金苹果献给最美丽的女神！”

为了得到金苹果，赫拉承诺帕里斯会赐予他“权力和金钱”，雅典娜说会赐予他“智慧和名誉”。帕里斯却将金苹果献给了阿芙洛狄忒。

原来阿芙洛狄忒答应了帕里斯，会帮他娶到世界上最美的女人做妻子。

**“哈哈，果然我才是奥林匹斯最美的女神！”**

阿芙洛狄忒接过苹果后非常高兴。

后来，阿芙洛狄忒带着帕里斯来到斯巴达。
斯巴达国王墨涅拉俄斯的妻子叫海伦，
她是世界上最美丽的女人。
帕里斯在阿芙洛狄忒的帮助下引诱了海伦，
将她带回了特洛伊。

墨涅拉俄斯非常愤怒，他把希腊的将领都召集到一起，说：“我要从帕里斯手中抢回海伦，请各位一定要助我一臂之力。”

**阿伽门农担任希腊军队的总司令，带着十多万名士兵乘着船浩浩荡荡地向特洛伊进发。**

与希腊军队一起出征的不乏像奥德修斯和阿喀琉斯这样的猛将。

眼看着被十多万希腊大军围城，特洛伊人感到非常慌张。

他们都责怪帕里斯做出这样的蠢事，现在整个城邦都要灭亡了。

特洛伊的国王普里阿摩斯狠狠斥责了帕里斯：

**“帕里斯，你的行为非常可耻！**
**不过，如果一定要与希腊军队打仗的话，我们也不会退缩。”**

于是普里阿摩斯也把特洛伊的将领都召集了起来。

帕里斯的哥哥赫克托耳担任特洛伊军队的总司令。

希腊和特洛伊之间的战争便由此开始。

最初，人们都认为希腊会取得战争的胜利。

但是，随着支持两国的诸神的介入，两边势均力敌，胜负难分。

就这样，战争持续了九年。

打着打着，在希腊军队中发生了一件大事。

阿伽门农抢走了阿喀琉斯喜欢的女人，

两人为此争吵了起来。

**“从今天起，我拒绝出战！”**

从那天开始，阿喀琉斯便独自待在自己的营帐中。

因为最优秀的将领阿喀琉斯不再出战，希腊军队开始被特洛伊军队打得节节败退。

“我们需要阿喀琉斯！”

“再这样下去，我们一定会输给特洛伊的！”

听到战败消息的阿喀琉斯心情非常沉重，但他依旧没有上战场的想法。

阿喀琉斯的朋友帕特罗克洛斯实在无法容忍，于是他站了出来。

**“阿喀琉斯，我不能眼睁睁地看着希腊军队战败！既然你不愿意去，那就让我替你上战场吧！”**

于是帕特罗克洛斯穿着阿喀琉斯的盔甲上了战场。

阿喀琉斯的盔甲是火与工匠之神赫菲斯托斯打造的，坚固非凡。

“什么！阿喀琉斯竟然出战了！”

特洛伊的士兵瑟瑟发抖，却不知道这其实是身穿阿喀琉斯盔甲的帕特罗克洛斯。

**“哈哈！穿着阿喀琉斯的盔甲出来，简直太英明了！”**

兴高采烈的帕特罗克洛斯乘胜追击逃跑的特洛伊军，

不料途中被赫克托耳杀死，身上的盔甲也被赫克托耳脱下拿走了。

得知帕特罗克洛斯死亡的消息后，阿喀琉斯决定再次出战。

“帕特罗克洛斯，我要为你报仇！”

忒提斯为了儿子来到奥林匹斯，请求赫菲斯托斯为他打造一副新的盔甲。

阿喀琉斯穿上忒提斯带来的新盔甲，召集希腊的各位将领：

**“冲啊！击败特洛伊军！”**

阿喀琉斯乘着马车奔向战场。

看到阿喀琉斯后，特洛伊士兵们大吃一惊：

“看！那不是死去的阿喀琉斯吗？”

他们吓得四处逃窜，甚至躲进了城内。

很快，特洛伊所有的士兵都逃走了，只剩下赫克托耳抵挡阿喀琉斯。

“赫克托耳！你可千万不要和阿喀琉斯正面交战啊！”

特洛伊国王普里阿摩斯苦苦哀求儿子，然而，赫克托耳根本不听。

**赫克托耳一直奋战到最后一刻，最终死在了阿喀琉斯的长矛下。**

阿喀琉斯拖着赫克托耳的尸体，回到了希腊军营。

当天晚上，普里阿摩斯来找阿喀琉斯，对他说：
“请您把我死去的儿子赫克托耳还给我，
允许我给他办场葬礼。”
普里阿摩斯对儿子的爱触动了阿喀琉斯，
于是阿喀琉斯便把赫克托耳的尸体交还给了普里阿摩斯。
葬礼期间，双方暂时停战。
有一天，阿喀琉斯偶然遇见了普里阿摩斯的女儿波吕克塞娜，
对她一见钟情。
阿喀琉斯说，如果能和波吕克塞娜结婚，他就会停止战争。
但是，帕里斯是不可能错过这个大好机会的，他趁着阿喀琉斯前来讨论婚礼事宜，朝着他的后脚跟射了一支毒箭。
帕里斯瞄准的正是阿喀琉斯全身唯一的弱点，

**中箭后的阿喀琉斯就这样死掉了，英年早逝，令人惋惜。**

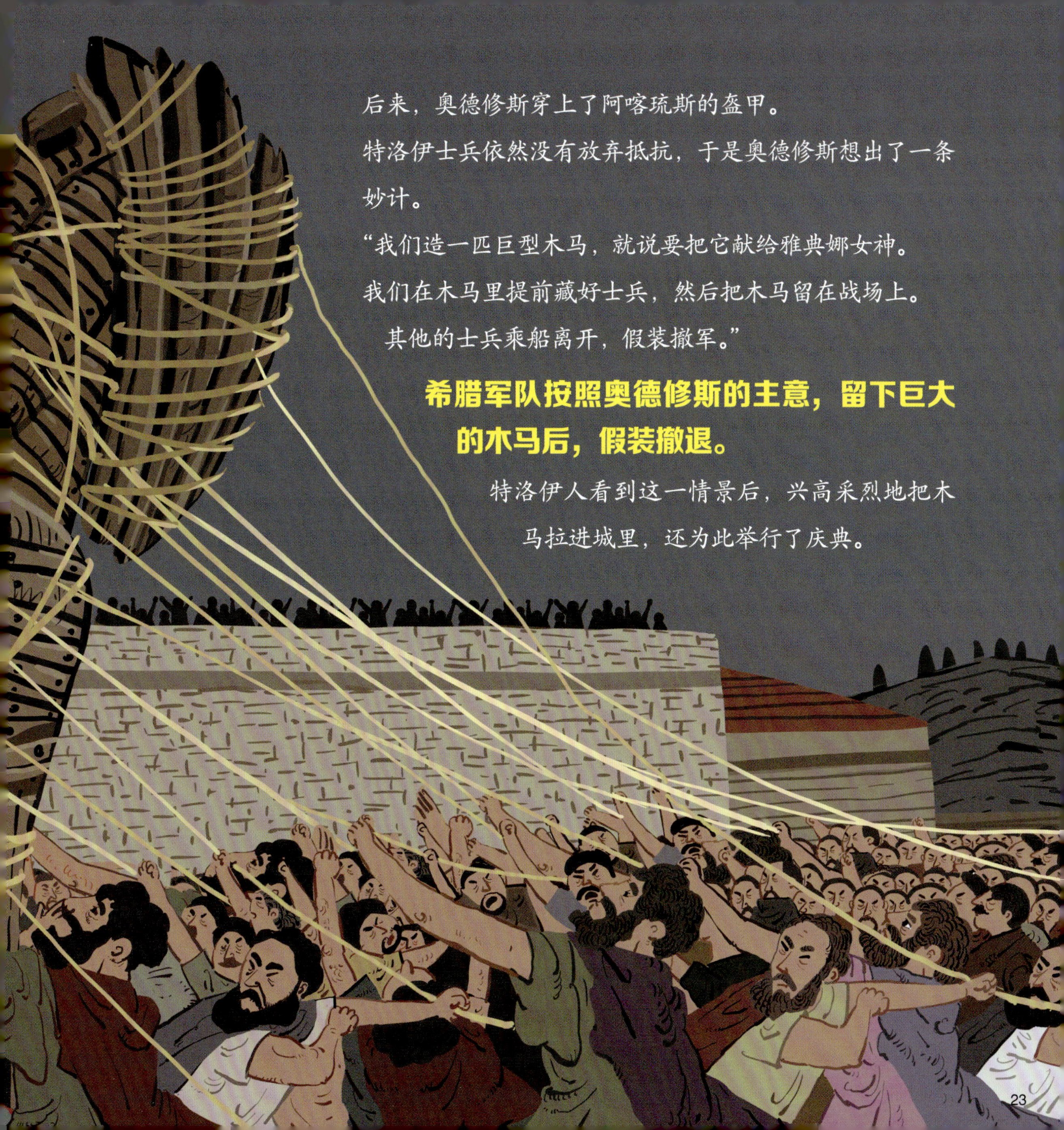

后来，奥德修斯穿上了阿喀琉斯的盔甲。

特洛伊士兵依然没有放弃抵抗，于是奥德修斯想出了一条妙计。

“我们造一匹巨型木马，就说要把它献给雅典娜女神。我们在木马里提前藏好士兵，然后把木马留在战场上。其他的士兵乘船离开，假装撤军。”

**希腊军队按照奥德修斯的主意，留下巨大的木马后，假装撤退。**

特洛伊人看到这一情景后，兴高采烈地把木马拉进城里，还为此举行了庆典。

**庆典结束后，特洛伊人都安心地进入了梦乡。**

当天晚上，木马上隐藏的小门打开了，希腊士兵从里面走了出来。

他们打开城门，发出信号，把躲在附近的士兵也召集了过来。

希腊战士偷袭了特洛伊城，特洛伊城自此落入了希腊军队的手中。

特洛伊战争历经十年，终于在此时画上了句号。

幸存下来的希腊将领和士兵们乘船向着大海驶去，

返回他们的故乡。

其中，便有带领希腊军队取得胜利的英雄奥德修斯。

虽然战争已经结束，但他们的冒险故事才刚刚开始。

# 众神谱系

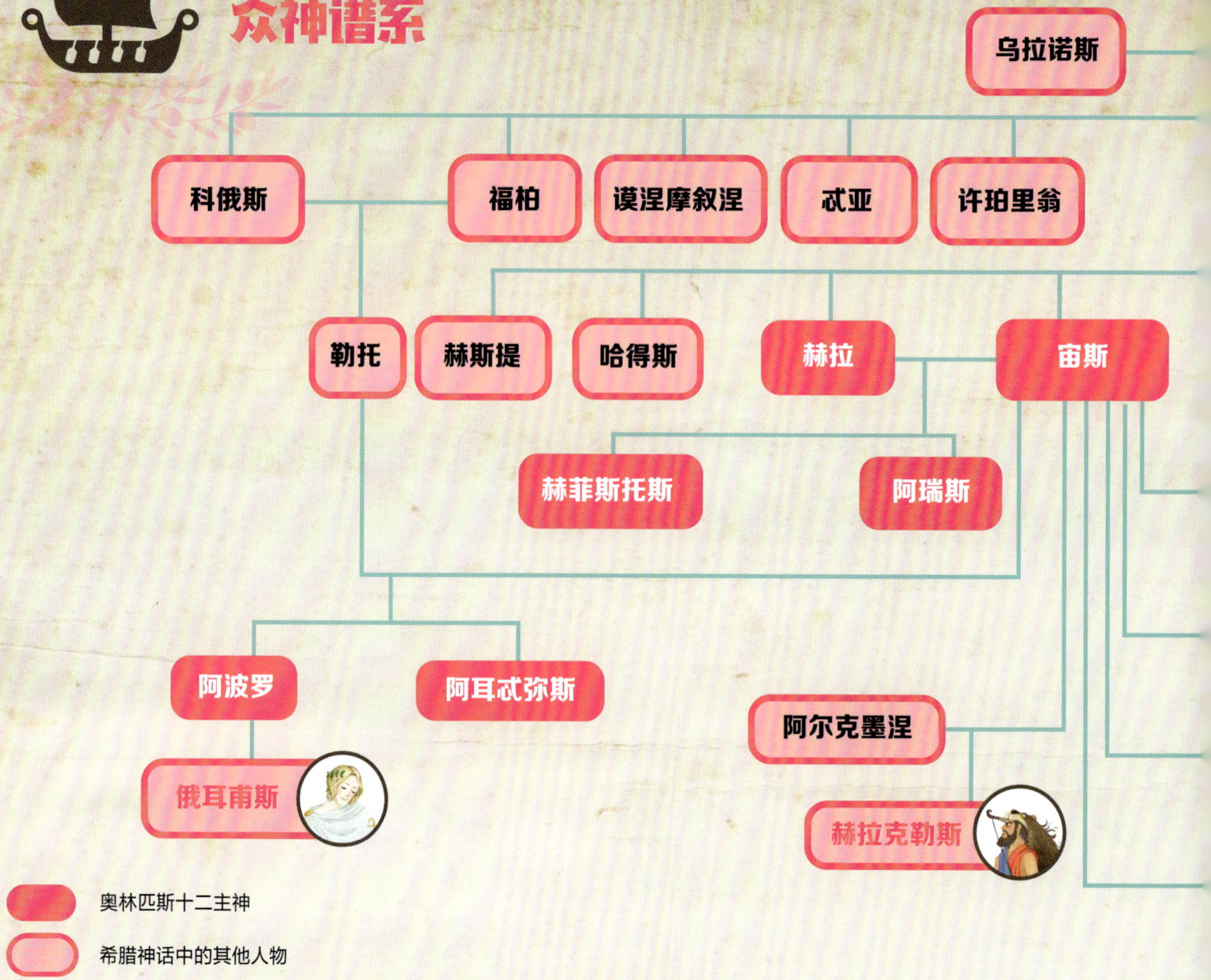
乌拉诺斯
科俄斯
福柏
谟涅摩叙涅
忒亚
许珀里翁
勒托
赫斯提
哈得斯
赫拉
宙斯
赫菲斯托斯
阿瑞斯
阿波罗
阿耳忒弥斯
阿尔克墨涅
俄耳甫斯
赫拉克勒斯
奥林匹斯十二主神
希腊神话中的其他人物

普罗米修斯
潘多拉
丢卡利翁和皮拉
俄狄浦斯
俄耳甫斯

盖娅
克洛诺斯
瑞亚
忒弥斯
伊阿珀托斯
克利俄斯
泰西斯
俄刻阿诺斯
得墨忒耳
波塞冬
克吕墨涅
墨提斯
狄俄涅
塞墨勒
阿特拉斯
普罗米修斯
厄庇米修斯
潘多拉
狄俄尼索斯
迈亚
丢卡利翁
皮拉
赫耳墨斯
雅典娜
阿芙洛狄忒
伊阿宋
赫拉克勒斯
忒修斯
阿喀琉斯
奥德修斯

## 神话知识拓展

### 阿喀琉斯作为希腊军队的将领，参加了特洛伊战争，并立下汗马功劳

阿喀琉斯接受了半人马喀戎的教导，因英勇善战而闻名。只要阿喀琉斯出现在战场上或是大吼一声，特洛伊的士兵们就会被吓得四处逃窜。

阿喀琉斯铜像

### 阿喀琉斯原本并不想参加特洛伊战争

阿喀琉斯的母亲忒提斯曾极力阻止阿喀琉斯参加特洛伊战争，因为她接到一条神谕，说阿喀琉斯会死在特洛伊战争中。所以她将阿喀琉斯装扮成女人的样子，藏在斯基罗斯岛国王吕科墨得斯的几个女儿中间。

但是，奥德修斯听到了另一条神谕，预言中说，如果没有阿喀琉斯，希腊就无法战胜特洛伊。因此，奥德修斯便前往斯基罗斯岛寻找阿喀琉斯。奥德修斯准备了许多女孩子喜欢的物品，并在里面放了武器。当时，只有阿喀琉斯拿起了武器，于是奥德修斯便发现了他。最终，阿喀琉斯还是在奥德修斯的劝说下参加了特洛伊战争。忒提斯为了保护儿子，为他找来了火与工匠之神赫菲斯托斯制作的盔甲。但是，阿喀琉斯还是被帕里斯的箭射中了脚后跟，最终像预言所说的一样死去了。

## 特洛伊战争汇聚了众神

弗朗茨·冯·马奇《阿喀琉斯的凯旋》，藏于希腊阿喀琉斯宫

海神波塞冬在看到特洛伊的将领埃涅阿斯快要被阿喀琉斯杀死时，立即将埃涅阿斯转移到了战场的后方。

另外，预言之神阿波罗化身为特洛伊王子，帮助特洛伊一同抵抗阿喀琉斯。他还将自己的力量借给了特洛伊的总司令赫克托耳，使其不会被击倒。

战争女神雅典娜则站在了希腊一方。她变身成赫克托耳弟弟的模样，煽动赫克托耳去和阿喀琉斯对战，最后导致了赫克托耳的死亡。宙斯把阿喀琉斯和赫克托耳的命运放在天平上，代表赫克托耳的砝码向着冥界倾斜了。于是，阿波罗也不再帮助赫克托耳，最后赫克托耳被阿喀琉斯的长矛夺去了生命。

## 特洛伊木马结束了特洛伊战争

特洛伊木马

希腊军队在奥德修斯的提议下制造了一匹巨大的木马，然后大肆宣扬，说木马是平息雅典娜女神怒火的祭品。但其实，木马中已经藏好了全副武装的希腊士兵。当希腊军队在海边留下木马，假装离开后，特洛伊人开始争论是否要将木马拉进城内。

特洛伊的祭司拉奥孔说这匹木马不祥，不能拉进城内。但此时海上出现了两条巨蛇，害死了拉奥孔和他的两个儿子。人们便认为这是神对拉奥孔的惩罚，于是同意将木马拉进城的呼声变得更大了。最终，特洛伊人把木马拉进了城内，并举行了纪念战争结束的宴会。当晚，希腊士兵偷偷从木马中钻出来，占领了特洛伊城，特洛伊战争以希腊的胜利而告终。

# 常识拓展

科学

## 阿喀琉斯的弱点是脚后跟

阿喀琉斯的母亲忒提斯在阿喀琉斯出生后，为防止他死亡的预言成真，立即将阿喀琉斯的身体浸泡在流经冥界的斯图克斯河中，这样他的身体就会变得刀枪不入。但是，由于忒提斯是抓着阿喀琉斯的脚后跟将他倒吊着浸泡在斯图克斯河中的，所以他的脚后跟没有浸泡到河水中。于是，脚后跟就成了阿喀琉斯唯一的弱点。后来，看起来完美的人身上唯一的弱点就被称为“阿喀琉斯之踵”。另外，脚后跟上重要的肌腱也被称为阿喀琉斯腱（即跟腱）。

阿喀琉斯雕像

科学

## 特洛伊木马是有名的恶意程序之一

特洛伊木马是一种计算机恶意程序，它会窃取电脑中的用户信息。如果电脑中安装了特洛伊木马程序，所有通过键盘敲击出的信息全都会被泄露出去，用户的密码和信用卡信息等会在不知不觉中被窃取。由于这种程序不会像其他病毒一样感染其他文件，所以只需删除木马程序就可以修复电脑。

这种程序会偷偷潜入电脑中不被发现，就如同藏在特洛伊木马里的士兵一举攻占特洛伊一样，于是人们称这种恶意程序为“特洛伊木马”。

电脑恶意程序“特洛伊木马”

神和英雄的故事

希腊神话有意思

# 忒修斯打败牛头怪

[韩] 徐宝贤 编著 [韩] 大西美园 绘 张璟曦 译

中信出版集团 | 北京

图书在版编目（CIP）数据

忒修斯打败牛头怪 /（韩）徐宝贤编著；（韩）大西美园绘；张璟曦译 .-- 北京：中信出版社，2022.8
（希腊神话有意思 . 神和英雄的故事）
ISBN 978-7-5217-4436-1

Ⅰ . ①忒… Ⅱ . ①徐… ②大… ③张… Ⅲ . ①儿童故事 - 图画故事 - 韩国 - 现代 Ⅳ . ① I312.685

中国版本图书馆 CIP 数据核字 (2022) 第 082625 号



忒修斯打败牛头怪
（希腊神话有意思 · 神和英雄的故事）

编 著 者：［韩］徐宝贤
绘　　者：［韩］大西美园
译　　者：张璟曦
出版发行：中信出版集团股份有限公司
（北京市朝阳区惠新东街甲4号富盛大厦2座　邮编　100029）
承 印 者：北京华联印刷有限公司

开　　本：889mm × 1194mm　1/24　　印　　张：$15\frac{1}{6}$　　字　　数：420千字
版　　次：2022年8月第1版　　印　　次：2022年8月第1次印刷
京权图字：01-2022-1399　　书　　号：ISBN 978-7-5217-4436-1
定　　价：99.00元（全10册）

出　　品：中信儿童书店
图书策划：好奇岛
策划编辑：明立庆
责任编辑：曹威
营销编辑：张远 张琛
封面设计：谢佳静
内文排版：杨兴艳

# 主要登场人物

## 忒修斯

他是雅典的王子，前往克里特杀掉了弥诺陶洛斯，随后回到雅典成为雅典国王。

## 斯喀戎

他住在悬崖上，据说旅客只有给他洗脚才能通过悬崖。他是个会杀人的强盗，人们都很害怕他。

## 普洛克路斯忒斯

他抓住过往的旅人，让他们躺在床上，并要求旅人和床的长短正合适，否则就把他们的腿脚砍断或者把身体拉长。

## 埃勾斯

他是雅典的国王。他以为儿子忒修斯死在了克里特，于是绝望地从悬崖上跳了下去。

## 阿里阿德涅

她是克里特的公主，爱上了忒修斯，并告诉了他走出迷宫的方法。

## 弥诺陶洛斯

它是牛头人身的怪物，被克里特国王米诺斯关进迷宫，最终死于忒修斯之手。

# 几个关键词读懂 忒修斯

他是雅典的王子，

前往克里特杀掉了弥诺陶洛斯。

**家庭关系**

父亲：埃勾斯

**象征**

勇士

守护者

棍棒

**相关事件**

战胜斯喀戎

战胜普洛克路斯忒斯

战胜弥诺陶洛斯

**名字的含义**

聚集、制度

忒修斯从小与父亲分离，在母亲的照料下逐渐长大。

十六岁的忒修斯很想知道自己的父亲长什么样子，

于是母亲带着他来到一块巨大的石头前面，对他说：

“抬起这块石头，把石头下的东西拿出来。”

忒修斯一下子就抬起了石头，拿出了石头底下的鞋和剑。

母亲告诉他：“这就是你父亲藏在这里的东西，他是雅典国王埃勾斯。

**你现在就去找你父亲吧，告诉他你是他的儿子。”**

忒修斯为了见到自己的父亲，向雅典出发了。

**忒修斯特意选了一条危险重重的路，**
**这条路上有很多怪物和强盗。**

他想，如果能消灭这些怪物和强盗，自己就能扬名立万了。

向着雅典出发的第一天，忒修斯打败了挥舞着棍棒随意杀人的珀里斐忒斯。

后来，他又消灭了会抓住来往的行人，把他们绑到松树上折磨的恶棍辛尼斯。

途中，忒修斯还帮助人们抓住了一头凶猛的野猪。

**忒修斯在路上还遇到了住在悬崖上的强盗斯喀戎。**

斯喀戎威胁过路的人给他洗脚，不然就不许他们通过悬崖。

等人们弯下身子要给斯喀戎洗脚时，

斯喀戎会一脚把他们踢下悬崖。

忒修斯看穿了斯喀戎的伎俩，

于是假装要弯下身去给斯喀戎洗脚。

他看准机会，趁其不备把斯喀戎推下了悬崖，

让他成了海龟的盘中餐。

**路上，忒修斯还遇见了折磨过往旅人的拦路大盗普洛克路斯忒斯。**

这个无恶不作的强盗会抓住来往的旅人，强迫他们躺在他的床上。

如果旅人的身体比床长，他就把长出来的腿脚砍断并杀死他们。

如果旅人的身体比床短，他就把他们的身体拉长，折磨他们至死。

后来，忒修斯“以彼之道，还施彼身”，除掉了普洛克路斯忒斯。

忒修斯的英雄事迹让他的名字在整个雅典广为人知。

国王埃勾斯慕名邀请忒修斯来王宫里用餐，但是，这时他并不知道忒修斯就是自己的儿子。

宴会上，埃勾斯看到了忒修斯身上佩的剑，十分惊喜。

**“啊，原来是我儿子来了！王位终于后继有人了！”**

此时，整个雅典正处于危难之中。

由于被克里特打败，雅典每年都要向克里特进献七对年轻男女。

忒修斯听后大吃一惊，问道：

“那么，被送去克里特的这些年轻男女会怎么样呢？”

**国王答道：“克里特的迷宫里住着一只叫作弥诺陶洛斯的牛头怪物，他们将沦为这只怪物的食物。”**

忒修斯不忍心再让雅典人遭受这样的痛苦。

他说："把我作为祭品送到克里特，我去把大家救出来！"

埃勾斯阻止忒修斯，让他不要去。

但忒修斯很固执，埃勾斯怎么劝都拗不过他的倔脾气。

就这样，忒修斯乘着挂着黑帆的船，向着克里特出发了。

临走时他对父亲说：

**"父亲，如果我能平安无事地把人救回来，会在船上挂起白帆。"**

忒修斯所乘的船顺利抵达克里特。

这时，克里特的国王米诺斯和公主阿里阿德涅默默观察着从船上下来的七对男女。

当忒修斯映入眼帘时，阿里阿德涅心想：

“啊，怎么会有如此英俊的年轻男子……”

**于是对忒修斯一见钟情。**

阿里阿德涅不忍心眼看着忒修斯被怪物吃掉。
于是她偷偷与忒修斯相会，给了他一个线球。
“你一边放线一边走进迷宫，
出来的时候跟着线走，这样就不会迷路了。
但你要保证一定会带我一起回雅典！”
忒修斯微笑着点了点头。

忒修斯按照阿里阿德涅叮嘱的那样，
一边放线一边进入了迷宫。
他走了很久很久，终于碰到了弥诺陶洛斯。
只见那只牛头人身的怪物恶狠狠地
朝他扑了过来。

**忒修斯没有丝毫畏惧，**
**他勇敢地用剑**
**刺向弥诺陶洛斯。**

杀死牛头怪之后，
他就沿着线，
成功走出了迷宫。

忒修斯偷偷带着其余的雅典男女坐船离开了克里特。

按照约定，他也把公主阿里阿德涅一同带走了。

后来忒修斯一行人来到了纳克索斯岛，想要休息片刻。

突然，忒修斯听到了雅典娜的神谕：

**“忒修斯，你要把阿里阿德涅留在纳克索斯岛！”**

忒修斯敬畏神灵，没有办法，他只好驾船离开了纳克索斯岛，

留下了阿里阿德涅。

独自一人被遗弃在岛上的阿里阿德涅后来成了

酒神狄俄尼索斯的妻子。

忒修斯的船慢慢接近雅典城。

但他心事重重，完全忘记了和父亲的约定，

并没有在船上挂上白帆。

“啊！船上竟然挂着黑帆！

看来我的儿子忒修斯已经死了！”

埃勾斯伤心欲绝，跳下悬崖而死。

**后来，忒修斯成为雅典的新国王，**

**开启了一系列新的冒险之旅。**

# 众神谱系

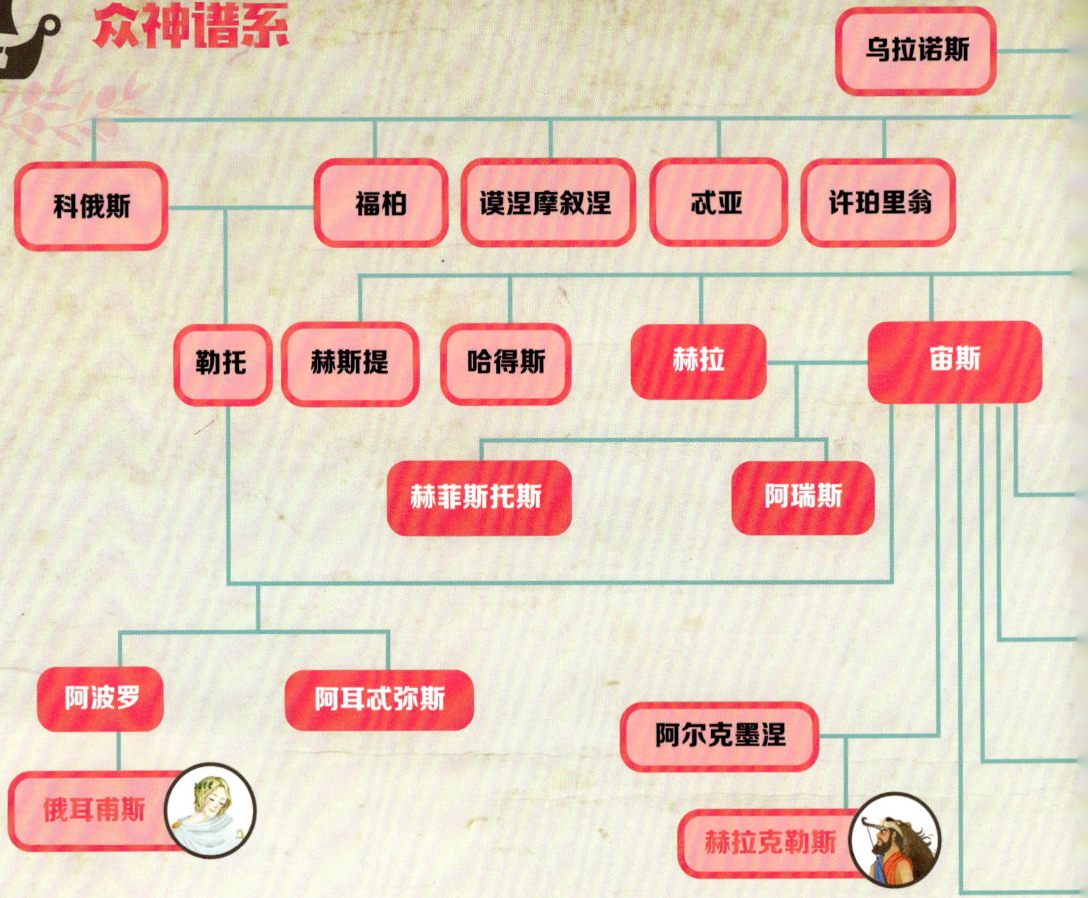


奥林匹斯十二主神

希腊神话中的其他人物

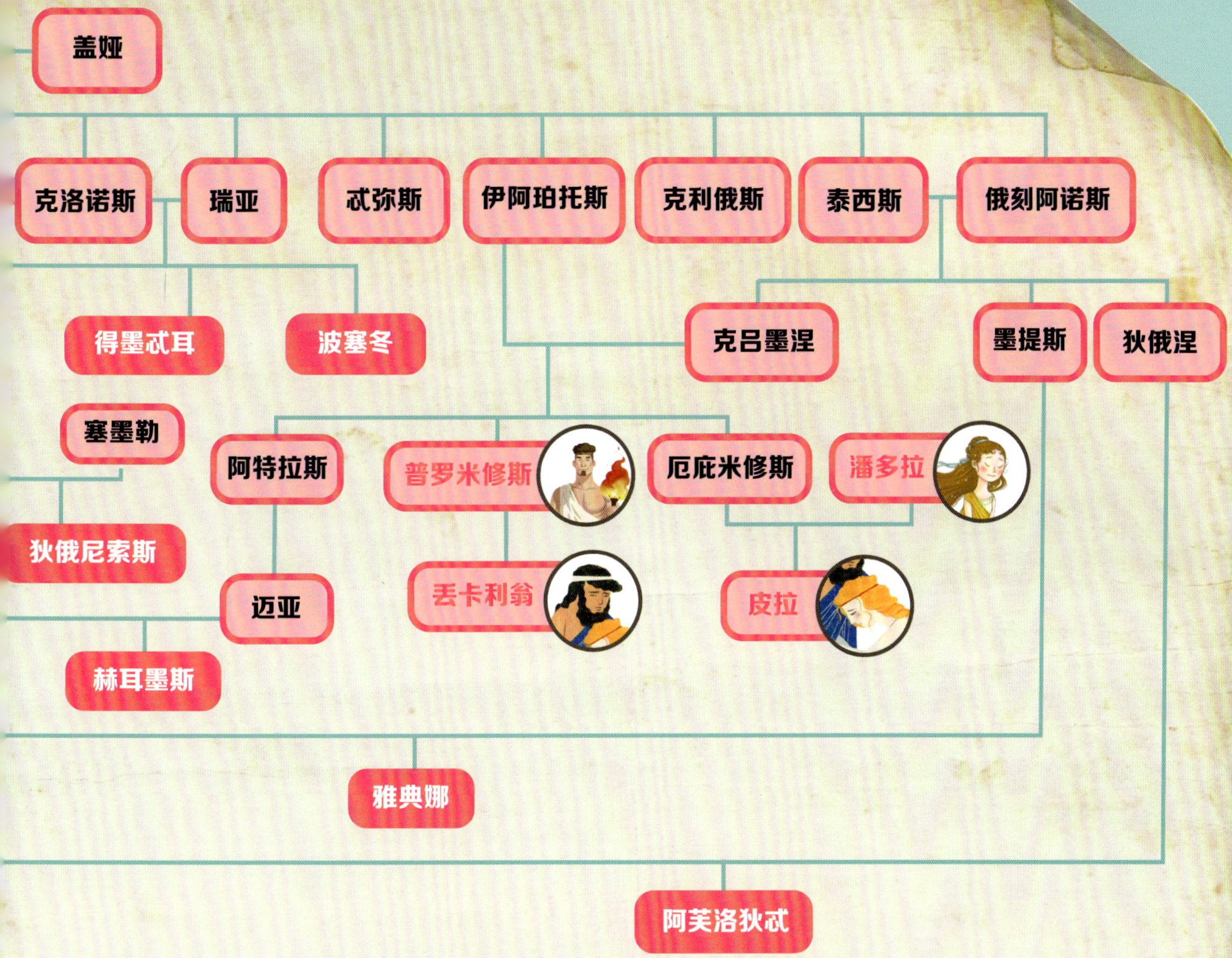
盖娅
克洛诺斯
瑞亚
忒弥斯
伊阿珀托斯
克利俄斯
泰西斯
俄刻阿诺斯
得墨忒耳
波塞冬
克吕墨涅
墨提斯
狄俄涅
塞墨勒
阿特拉斯
普罗米修斯
厄庇米修斯
潘多拉
狄俄尼索斯
迈亚
丢卡利翁
皮拉
赫耳墨斯
雅典娜
阿芙洛狄忒

伊阿宋
赫拉克勒斯
忒修斯
阿喀琉斯
奥德修斯

# 神话知识拓展

## 忒修斯是雅典的王子，他前往克里特杀死了弥诺陶洛斯

忒修斯在前往雅典寻父的路上，为了扬名天下，进行了多次冒险。他杀死了弥诺陶洛斯，在登上王位后还击退了亚马孙人，后来又潜入冥界，展开了多次冒险之旅。

与弥诺陶洛斯激战的忒修斯雕像

### 忒修斯的冥界之旅

冥界是活人不能去的地方，但忒修斯曾为了帮助朋友去过冥界。

当时，忒修斯和色萨利国王庇里托俄斯是挚友，两人曾立誓缔结矢志不渝的友谊。庇里托俄斯想要得到冥王哈得斯的妻子普西芬尼，于是忒修斯和朋友庇里托俄斯两人一同潜入冥界，向哈得斯讨要冥后普西芬尼。但哈得斯略施手段，把两人困在了石椅上。糟糕的是，这石椅名为“健忘椅”，两人逐渐忘记了一切，因此被困在冥界很多年。后来，恰逢赫拉克勒斯来到冥界，准备擒拿守护地狱之门的刻耳柏洛斯。赫拉克勒斯本想把二人都救出来，但这实在太难了，最终他只救出了忒修斯。

## 弥诺陶洛斯被囚禁在一座叫拉比林托斯的迷宫中

弥诺陶洛斯被囚禁在拉比林托斯迷宫中，这座迷宫由杰出的建筑师代达罗斯建造。

米诺斯听说忒修斯成功逃出了迷宫后非常生气，他把责任推给代达罗斯，决定惩罚他。米诺斯把代达罗斯和他的儿子伊卡洛斯都关进了迷宫里。代达罗斯和他的儿子用蜡和羽毛制作成翅膀，两人插上翅膀后一起逃出了迷宫。但在混乱之中，由于伊卡洛斯飞得太高，太阳熔化了涂在翅膀上的蜡，伊卡洛斯不幸跌入大海，溺水而亡。父亲代达罗斯满怀悲痛，独自飞往西西里岛，躲进了卡米克斯国王科卡罗斯的王宫中避难。过了很多年，代达罗斯终于帮助科卡罗斯杀死了米诺斯，为儿子报仇雪恨。

黑绘陶器《忒修斯和弥诺陶洛斯》

## 公主阿里阿德涅成了葡萄酒之神狄俄尼索斯的妻子

阿里阿德涅曾对忒修斯一见钟情，为了帮助忒修斯顺利逃出迷宫，给了他一个线球。后来，忒修斯杀掉了弥诺陶洛斯，阿里阿德涅便和忒修斯一起离开了克里特，前往雅典。但是，智慧女神雅典娜告诉忒修斯，他与阿里阿德涅没有缘分，并让他把阿里阿德涅留在纳克索斯岛上。被抛弃在岛上的阿里阿德涅遇见了葡萄酒之神狄俄尼索斯，成了他的妻子，后来去了奥林匹斯。

关于阿里阿德涅被留在纳克索斯岛上的原因，流传着多种说法。有一种说法是，忒修斯因为爱上了别的女人，于是抛弃了阿里阿德涅。还有一种说法是，狄俄尼索斯对阿里阿德涅一见钟情，于是把她抢走了。

# 常识拓展

## 爱琴海的英文Aegean Sea是“埃勾斯之海”的意思

忒修斯在自己被作为祭品送到克里特的时候，曾和父亲约定，去时船上挂黑帆，如果自己平安回来就换上白帆。但是，忒修斯归来时忘记换上白帆，回到雅典时，船上依旧挂着黑帆。国王埃勾斯（Aegeus）每天都在等待儿子回来，这一天他突然看到远方驶来一条船，船上却挂着黑帆。伤心欲绝的埃勾斯纵身跳入了大海。从那时起，这片海就被人们称为“埃勾斯之海”，也就是“爱琴海”。

爱琴海的卫星照片

## 忒修斯故事中出现的米诺斯是一位能力非凡的国王

米诺斯是宙斯的儿子，他在克里特岛组建了很多舰队。他让雅典臣服于他，还统治了爱琴海周边的国家，是一位非常有实力的国王。

事实上，在米诺斯生活的时期，这片土地上拥有着极其发达的青铜器文明。在米诺斯神话里，青铜器文明的痕迹随处可见。因此有人认为，神话故事中的米诺斯国王有可能是以历史上实际存在过的国王为范本塑造出来的人物。后来，人们把这片地区的文明称为克里特文明，还有人以国王米诺斯的名字命名，称之为“米诺斯文明”。

克里特文明遗址

神和英雄的故事

希腊神话有意思

# 赫拉克勒斯的十二项任务

[韩] 徐宝贤 编著 [韩] 全炳俊 绘 张璟曦 译

中信出版集团 | 北京

图书在版编目（CIP）数据

赫拉克勒斯的十二项任务 /（韩）徐宝贤编著；（韩）全炳俊绘；张璟曦译 . -- 北京：中信出版社，2022.8
（希腊神话有意思 . 神和英雄的故事）
ISBN 978-7-5217-4436-1

Ⅰ . ①赫… Ⅱ . ①徐… ②全… ③张… Ⅲ . ①儿童故事 - 图画故事 - 韩国 - 现代 Ⅳ . ① I312.685

中国版本图书馆 CIP 数据核字 (2022) 第 082624 号



赫拉克勒斯的十二项任务
（希腊神话有意思 · 神和英雄的故事）

编 著 者：[ 韩 ] 徐宝贤
绘　　者：[ 韩 ] 全炳俊
译　　者：张璟曦
出版发行：中信出版集团股份有限公司
（北京市朝阳区惠新东街甲4号富盛大厦2座　邮编　100029）
承 印 者：北京华联印刷有限公司

开　　本：889mm × 1194mm　1/24　印　　张：$15\frac{1}{6}$　字　　数：420千字
版　　次：2022年8月第1版　印　　次：2022年8月第1次印刷
京权图字：01-2022-1399　书　　号：ISBN 978-7-5217-4436-1
定　　价：99.00元（全10册）

出　　品：中信儿童书店
图书策划：好奇岛
策划编辑：明立庆
责任编辑：曹威
营销编辑：张远 张琛
封面设计：谢佳静
内文排版：杨兴艳

# 主要登场人物

## 赫拉克勒斯

宙斯的儿子，因受到赫拉的诅咒而犯下大罪。为了赎罪，他完成了欧律斯透斯给他的十二项“不可能完成”的任务。

## 欧律斯透斯

迈锡尼国王，他按照神谕交给赫拉克勒斯十二项“不可能完成”的任务。

## 赫拉

奥林匹斯十二主神中至高无上的女神，也是婚姻和家庭之神。她是宙斯的妻子。

## 普罗米修斯

属于提坦神族，名字的含义是“先见之明”。他听从宙斯的命令创造了人类，但是由于帮助人类盗取圣火，受到了宙斯的惩罚。

## 阿特拉斯

属于提坦神族，因为反抗宙斯，被罚用双肩支撑苍天。

# 几个关键词读懂 赫拉克勒斯

他是宙斯的儿子，历经千难万险，完成了迈锡尼国王欧律斯透斯给他的十二项“不可能完成”的任务。

**家庭关系**

父亲：宙斯

**名字的含义**

因受赫拉的迫害而建功立业的人

**象征**

力量
勇气
智慧
狮皮
大木棒

**相关事件**

完成十二项“不可能完成”的任务

**星座**

武仙座

在希腊的众多英雄之中，有一位卓越非凡的英雄。

他完成了十二项“不可能完成”的任务，他就是赫拉克勒斯。

赫拉克勒斯的父亲是至高无上的天神宙斯，母亲是凡人阿尔克墨涅。

至高无上的女神赫拉对阿尔克墨涅心生嫉妒，于是她派出了两条毒蛇，

想要将赫拉克勒斯扼死在摇篮里。

谁知道，赫拉克勒斯轻轻松松地就把两条毒蛇制服了。

“怎么会这样！赫拉克勒斯，走着瞧！”

**赫拉只好再找机会除掉赫拉克勒斯。**

转眼间赫拉克勒斯长大成人，他组建了自己的家庭，幸福快乐地生活着。

但他终究还是没能逃过赫拉的诅咒，最后犯下了可怕的罪行。

赫拉克勒斯为了赎罪，来到了特尔斐的阿波罗神庙。在这里，他接到了神谕。

**“你要是想赎罪的话，就去找迈锡尼国王欧律斯透斯，完成他交给你的任务吧！”**

事实上，这道神谕是赫拉为了折磨赫拉克勒斯而想出的主意。

并不知情的赫拉克勒斯按照神谕去找了欧律斯透斯。

然而，欧律斯透斯却在心里打着小算盘：赫拉克勒斯本事这么大，以后说不定会威胁到我的地位，我得把他除掉才好。

欧律斯透斯对赫拉克勒斯说道：

**“赫拉克勒斯，我给你的第一项任务是去杀掉尼米亚猛狮，并且你要把它的狮皮带回来作证！”**

赫拉克勒斯立刻就向着尼米亚出发了。

但是他在去的路上听到了人们嘀嘀咕咕的声音：

“不管赫拉克勒斯再怎么力大无穷，他都打不过尼米亚猛狮的！”

“是啊，那头狮子皮很厚，听说简直是刀枪不入啊。”

赫拉克勒斯思考了好一会儿之后，力大无穷的他把一棵巨大的橄榄树从地里连根拔了出来，并把它做成了一根大木棒，用来对付猛狮。

赫拉克勒斯一看到那头狮子，就掏出弓箭朝它射去。

但是，狮子却毫发无伤地逃回了自己的洞穴里。

赫拉克勒斯追着狮子进了洞穴，他拿出大木棒对狮子发起了猛烈的攻击，但狮子还是一点儿也没受伤。

“没办法了！我还是直接和它搏斗吧！”

赫拉克勒斯用手勒住了狮子的脖子，死死不放。

就这样，他与狮子搏斗了整整一个月后，终于杀死了这头猛狮。

**赫拉克勒斯剥下了狮子的皮，披着它回去见欧律斯透斯。**

欧律斯透斯被吓得瑟瑟发抖，他对赫拉克勒斯说道：

“别过来！你去杀掉水蛇海德拉再回来见我吧！”

海德拉是一只九头蛇怪，它的其中一个头是永生不死的，吐出的毒气和毒液剧毒无比，能让周围寸草不生。

赫拉克勒斯来到了海德拉所在的沼泽，他发誓道：

**“海德拉，看我把你所有的脑袋都给打下来！”**

海德拉一看到赫拉克勒斯靠近自己，就立刻朝他喷出毒气。

但多亏赫拉克勒斯有狮皮做成的护甲，毒气根本伤害不了他。

赫拉克勒斯慢慢靠近海德拉，用大木棒把它的头一个个地打了下来。

可是，每打掉一个头，原来的位置就会再长出两个新的头来。

**“这样下去可不行，我得想想别的办法！”**

赫拉克勒斯每打掉蛇怪的一个头就用火把灼烧伤口，让它再也长不出头来。而在最后一个永生不死的蛇怪头被砍下之后，赫拉克勒斯就把它埋在地下，并用大石头压着，让它再也不能作怪。

在赫拉克勒斯杀死了九头蛇海德拉回来以后，
欧律斯透斯又给他下达了更加艰难的任务。
他让赫拉克勒斯去生擒狩猎女神阿耳忒弥斯保护的母鹿和用来献祭给她的大野猪。
没想到，赫拉克勒斯不费吹灰之力就把这两个任务都完成了。

到目前为止，赫拉克勒斯轻轻松松就完成了四个任务，
这让欧律斯透斯感到非常生气。

**“好啊，那我就再给你一个任务，这回你的力气可就派不上用场了。**
我命你去把伊利斯国王奥吉亚斯的牛棚打扫干净！
我只给你明天一天的时间。”

奥吉亚斯养了三千头牛，

但他的牛棚三十年来一次都没有打扫过。

牛棚的地面堆满了牛粪，散发出阵阵恶臭，让人觉得恶心极了。

第二天一早，赫拉克勒斯先拆掉了牛棚的墙，
然后搬来巨石，把牛棚两侧奔流的河水引了过来。

河水哗哗地冲进了牛棚，一下子就把地面堆积的牛粪全都冲走了。

还没等太阳下山，赫拉克勒斯就把任务完成了。

**“哈哈，打扫牛棚这种小事算什么呀！”赫拉克勒斯笑道。**

在这之后，赫拉克勒斯又赶走了栖息在湖畔的怪鸟群，
驯服了克里特岛的公牛，制服了食人马，
夺取了亚马孙人女王希波吕忒的腰带，
牵回了地处西方的意卑利亚国王的儿子革律翁的牛群。
赫拉克勒斯完成了各种困难的任务。
赫拉因此大发雷霆，她把欧律斯透斯叫来，对他说：
“在我结婚时，大地女神盖娅曾送了一棵苹果树给我作礼物，
那棵树在赫斯珀里得斯的果园里。

**这次，你就让赫拉克勒斯去把那棵树上结出的金苹果摘回来！**

那棵树可是由从不睡觉的百头巨龙看守着，他绝对不可能完成这个任务！”
赫拉克勒斯并不知道这是赫拉女神的诡计，接到任务后就出发去摘金苹果了。

在前往赫斯珀里得斯的
果园的路上，
赫拉克勒斯遇到了正在被
宙斯惩罚的普罗米修斯。

**赫拉克勒斯砍断了铁链，**
**救下了普罗米修斯。**

普罗米修斯为了报答赫拉克勒斯，给了他一个建议。

“在世界的尽头，有一个用双肩支撑苍天的神，叫阿特拉斯。

你就让他帮你去摘金苹果吧。

因为除了奥林匹斯众神以外，只有阿特拉斯可以到达赫斯珀里得斯的果园。

而且你也很难打败那条看守金苹果树的百头巨龙。”

在世界的尽头，巨人阿特拉斯果然正用双肩支撑着苍天。

赫拉克勒斯走过来对他说：

“亲爱的阿特拉斯，让我代替您支撑天空，

请您去赫斯珀里得斯的果园帮我把金苹果摘回来吧！”

**卸下重负的阿特拉斯感到非常高兴，他来到赫斯珀里得斯的果园，**

设法引诱巨龙昏昏入睡后挥刀杀死了它，没一会儿就把金苹果摘回来了。

但是，好不容易解脱的阿特拉斯当然不想再做这份苦差事了，他把金苹果扔在赫拉克勒斯脚前的草地上就想走掉。

赫拉克勒斯见势不对，脑筋一转想出了一个计策。

他对阿特拉斯说：“亲爱的阿特拉斯，我一直在用左边的肩膀支撑天空，这样真的太累了。请您帮我抬一下，好让我换到右边的肩膀吧！”

就在阿特拉斯抬起天空的一瞬间，赫拉克勒斯捡起地上的金苹果，一溜烟跑掉了。

看到赫拉克勒斯再次完成了任务，欧律斯透斯气得抓狂，不知道怎么办才好。

不管他给出多么困难的任务，赫拉克勒斯都能顺利完成。

十二项任务现在只剩下一项了，这该怎么办才好呢？

经过一番冥思苦想之后，他想出了一个歹毒的主意。

**“赫拉克勒斯，我命令你去把看守地狱之门的三头犬刻耳柏洛斯给我活捉回来！”**

地狱是只有死去的人才能去的地方，

但是赫拉克勒斯什么都没有说，毫无怨言地出发了。

他心想：现在只需要完成这项任务，应该就可以赎清我的罪了吧。

宙斯很担心赫拉克勒斯。

于是，他派了赫耳墨斯和雅典娜去帮助赫拉克勒斯。

在两位神的帮助下，赫拉克勒斯成功地到达了地狱，见到了冥王哈得斯。

“尊敬的哈得斯，我请求您把看守地狱之门的刻耳柏洛斯借给我一段时间吧！”

哈得斯听了他的话，不屑地冷笑了一声，对他说：

“要是你可以不使用武器就抓住刻耳柏洛斯的话，我就准许你把它带走！”

**赫拉克勒斯用手勒住刻耳柏洛斯的脖子，给它套上铁链，把它带到了欧律斯透斯的面前。**

终于，赫拉克勒斯历经千难万险，完成了国王欧律斯透斯交给他的十二项“不可能完成”的任务。

后来，赫拉克勒斯又完成了许多冒险，生活得很幸福。

谁知他的幸福并没有持续很久。

赫拉克勒斯的妻子因为上了半人马的当，

给他穿上涂了毒药的衣服，他因此遭受了巨大的痛苦。

他心想：看来我是时候离开这里了！

赫拉克勒斯自己爬上木柴堆，并点了火。

在那一刻，他听到了宙斯的召唤："赫拉克勒斯，快到奥林匹斯来吧！"

**赫拉克勒斯在众神的欢迎中升入了奥林匹斯山。**

最终，他和赫拉冰释前嫌。为了表示对他的认可，赫拉将自己的女儿青春女神赫柏许配给赫拉克勒斯为妻。从此以后，他们过上了幸福快乐的生活。

# 众神谱系

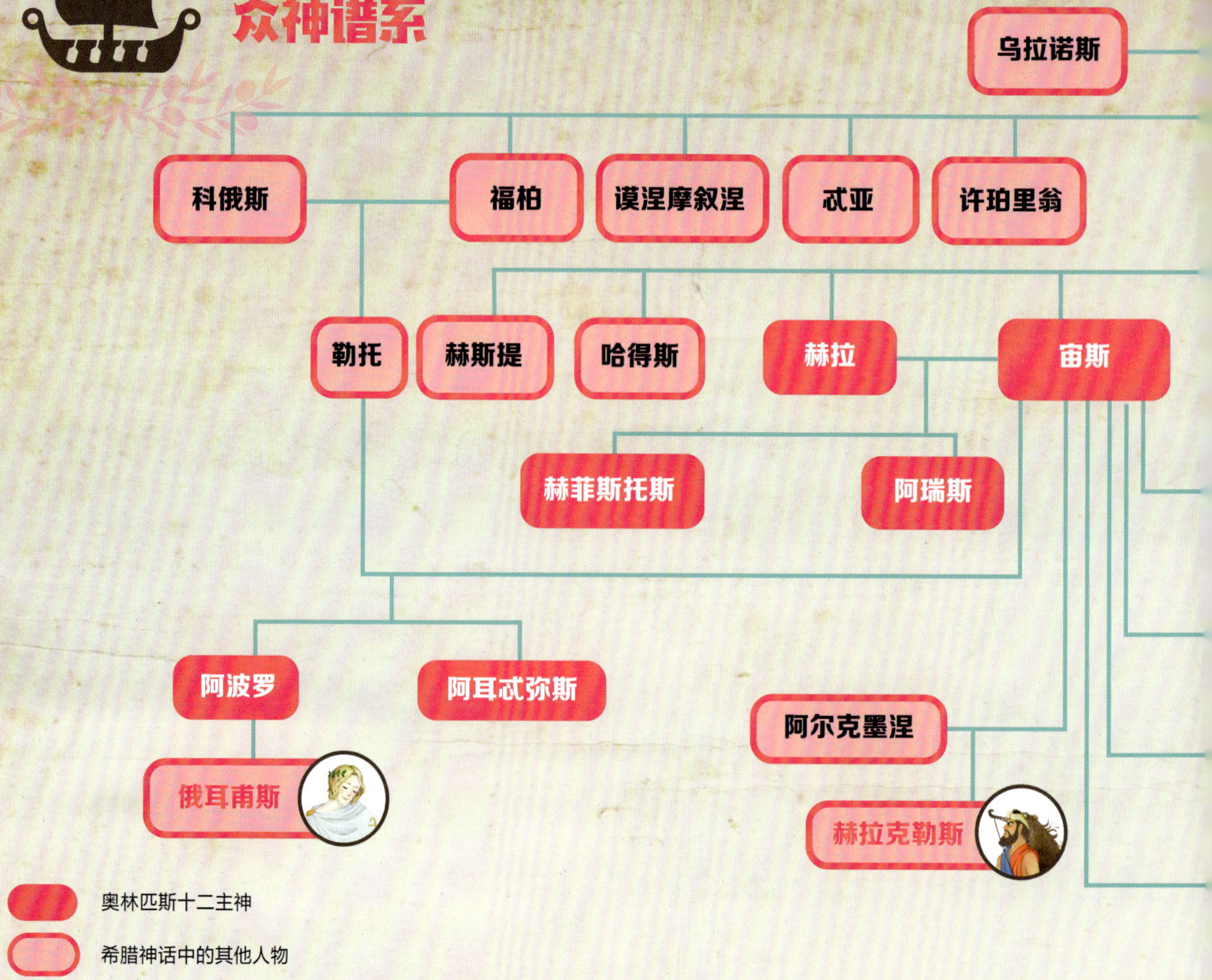
乌拉诺斯
科俄斯
福柏
谟涅摩叙涅
忒亚
许珀里翁
勒托
赫斯提
哈得斯
赫拉
宙斯
赫菲斯托斯
阿瑞斯
阿波罗
阿耳忒弥斯
阿尔克墨涅
俄耳甫斯
赫拉克勒斯
奥林匹斯十二主神
希腊神话中的其他人物

普罗米修斯
潘多拉
丢卡利翁和皮拉
俄狄浦斯
俄耳甫斯

盖娅
克洛诺斯
瑞亚
忒弥斯
伊阿珀托斯
克利俄斯
泰西斯
俄刻阿诺斯
得墨忒耳
波塞冬
克吕墨涅
墨提斯
狄俄涅
塞墨勒
阿特拉斯
普罗米修斯
厄庇米修斯
潘多拉
狄俄尼索斯
丢卡利翁
皮拉
迈亚
赫耳墨斯
雅典娜
阿芙洛狄忒
伊阿宋
赫拉克勒斯
忒修斯
阿喀琉斯
奥德修斯

## 神话知识拓展

### 赫拉克勒斯是希腊神话中最伟大的英雄之一

赫拉克勒斯的父亲是至高无上的天神宙斯，母亲是凡人阿尔克墨涅。宙斯的妻子赫拉因为丈夫和其他女人生了孩子而感到非常生气，所以她让赫拉克勒斯陷入无数的困境之中。

赫拉克勒斯因为拥有非凡的体格和天生神力而被人们所熟悉，他完成了欧律斯透斯给他的所有“不可能完成”的任务。

与海德拉搏斗的赫拉克勒斯雕像

### 欧律斯透斯是赫拉克勒斯的堂兄

欧律斯透斯是有名的英雄珀尔修斯的孙子，也是赫拉克勒斯的堂兄。欧律斯透斯的王位原本应该属于赫拉克勒斯。赫拉让助产女神厄勒梯亚延缓了赫拉克勒斯的出生，并让应该在他之后出生的欧律斯透斯先出生了，所以欧律斯透斯成了国王。欧律斯透斯体弱无力，胆小怕事，是一个卑鄙小人。

阿提卡红彩陶器《躲在罐子里的欧律斯透斯》，藏于法国卢浮宫博物馆

《赫拉克勒斯的十二项任务》，藏于意大利国立罗马博物馆

## 赫拉克勒斯的死和海德拉的毒血有关

赫拉克勒斯的死亡其实恰巧和他打败的各种怪物有关。赫拉克勒斯在结束了各种冒险之后，和得伊阿尼拉结了婚。有一天，他们俩在路上遇到了一个叫作涅索斯的半人马。涅索斯假装要背得伊阿尼拉过河，掳走了得伊阿尼拉。赫拉克勒斯掏出沾有他杀死的蛇怪海德拉毒血的箭，朝涅索斯射了过去。涅索斯临死前欺骗得伊阿尼拉道："你把我的血涂在赫拉克勒斯的衣服上，这样你就能永远得到他的爱情。"

过了好久以后，得伊阿尼拉误以为赫拉克勒斯爱上了别的女人，于是她就把涅索斯的血涂到了赫拉克勒斯的衣服上。但是，因为涅索斯中了赫拉克勒斯的箭，所以海德拉的毒素也扩散到了他的血液之中。因此，赫拉克勒斯就像全身被火烧一样万分痛苦。最终，赫拉克勒斯因为无法忍受这样的痛苦，选择了自我了结生命。

# 常识拓展

## 传说赫拉克勒斯创造了直布罗陀海峡

地理

赫拉克勒斯的第十项任务是带回巨人革律翁的牛群。赫拉克勒斯想要从海上走水路，但却被巨大的阿特拉斯山脉挡住了去路。于是赫拉克勒斯用天生神力徒手将阿特拉斯山脉分成了两半，造了一条捷径出来。阿特拉斯山脉被分开后，大西洋和地中海中间形成了一条狭窄的直布罗陀海峡。被分开的两座山被称作“赫拉克勒斯之柱”。

直布罗陀海峡的卫星照片

## 赫拉克勒斯的身体化作了武仙座

科学

武仙座是整个天空中第五大的星座。星座的主体形状由五边形和梯形组合而成，就像是一个人伸出双手，单膝跪地的样子。构成武仙座的星星都不是很亮，所以它很难辨认。夏天能看到的星座除了武仙座以外还有天琴座、天鹰座、天鹅座、天箭座、狐狸座、盾牌座、海豚座、天蝎座、蛇夫座、巨蛇座、人马座等。

武仙座

奥尔霍迈诺斯王国附近有一个叫作忒萨利亚的王国。

忒萨利亚的国王埃宋把王位传给了弟弟珀利阿斯。

那时，他的儿子伊阿宋还年幼。

他对珀利阿斯说：“珀利阿斯，等伊阿宋长大了，你要把王位传给他啊。”

“理应如此，我一定会把王位传给他的。”珀利阿斯答道。

即便如此，埃宋依然不放心。

他把伊阿宋带到了半人马喀戎身边。

**“喀戎，你替我抚养伊阿宋吧。**

如果把伊阿宋留在我身边，恐怕珀利阿斯会害他。”

伊阿宋在喀戎的教导下，变得既勇猛又聪慧。

喀戎不仅传授给伊阿宋长矛、弓箭、刀的使用方法，还教给了他其他知识。

当然，还给他讲述了众神和金羊毛的故事。

在伊阿宋二十岁的时候，喀戎把一切都告诉了伊阿宋，让他去夺回王位。

**“伊阿宋，去把珀利阿斯赶走，成为一个优秀的国王吧。”**

伊阿宋昂首挺胸地朝着忒萨利亚王国的首都伊俄尔科斯出发了。

有一天，他在湍急的河边遇到了一位又脏又臭的老奶奶。

老奶奶对他说:“你背着我过河吧。”

伊阿宋把这个老奶奶背到了河对岸。

他在过河的时候丢了一只鞋，但他并没有在意。

老奶奶对他说:**“伊阿宋，我会一直守护你的。”**

其实，这位老奶奶正是至高无上的天后赫拉。

就这样，伊阿宋通过了赫拉的考验。

就在这时，珀利阿斯心情却不太好。

因为他刚刚听说了一则神的预言："小心只穿一只鞋的人。"

没过多久，他就在路上见到了伊阿宋。

"等一下，他的脚上只穿了一只鞋啊！"

**于是，珀利阿斯开始琢磨如何除掉伊阿宋。**

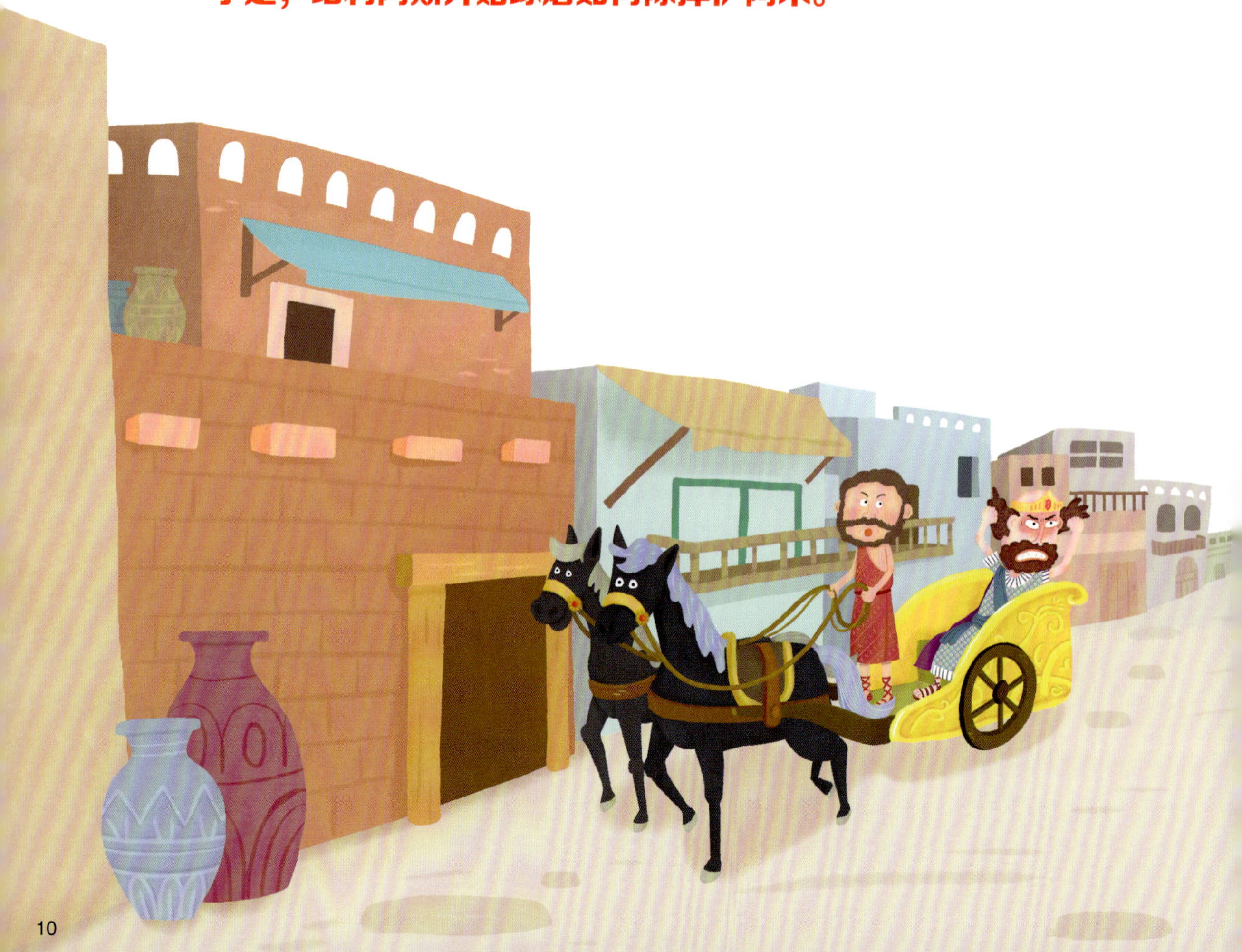

几天后，伊阿宋去见珀利阿斯。

伊阿宋说：“请您把王位还给我！”

珀利阿斯说：

**“只要你能去科尔喀斯把金羊毛带回来，我就把王位还给你。”**

很明显，寻找金羊毛绝对不是一件轻而易举的事情。

因此，伊阿宋开始召集愿意和他一起去冒险的人，其中就有赫拉克勒斯、忒修斯和俄耳甫斯。

伊阿宋请技艺精湛的阿耳戈帮他造一艘能抵挡狂风暴雨的船。

阿耳戈倾注了所有的心血，打造出了一艘大船。

阿耳戈号就此诞生。

**伊阿宋成为阿耳戈号的船长，**
**带领一行人向着科尔喀斯进发。**

## 去往科尔喀斯的路上困难重重。

他们在“女儿国”利姆诺斯岛上只停留了一阵儿，却费了好大力气才逃脱出去。

接着，他们又和鸟身女妖哈耳庇埃进行了一番战斗。

途中，他们的船还险些被岩石压碎。

就这样，经历了千难万险，伊阿宋终于到了科尔喀斯。

科尔喀斯的国王埃厄忒斯对伊阿宋说：

**“想要拿走金羊毛，就必须完成我吩咐的事情。**

你要在两头会喷火的黄牛身上架上犁耙，耕好地后，

把龙的牙齿播种下去。

这一切只能由你一人独自完成。”

不过，龙的牙齿是有魔力的，把它播种在田地里，

会长出一大群士兵，这些士兵会攻击播种的人。

伊阿宋感到非常担忧，他不知道自己是否可以完成这项任务。

**这时，科尔喀斯的公主美狄亚解除了伊阿宋的忧虑。**

这位公主在见到伊阿宋的第一面就坠入了爱河。

美狄亚是一位出色的女巫，她不仅为伊阿宋制造出了防止受伤的魔药，还教他如何抵御会喷火的黄牛，如何打败龙牙生出的士兵。

除此之外，她还送给了伊阿宋一支魔液，可以让守卫金羊毛的巨龙呼呼大睡。

伊阿宋对美狄亚说：

“真的太谢谢你了，美狄亚。

等我拿到金羊毛，你就跟我一起回忒萨利亚吧！”

伊阿宋依照美狄亚的指示制服了黄牛，耕好了地。

把龙牙播种到田地里之后，果然长出了一群士兵。

他把石头丢进士兵中间，让他们互相攻击，就这样轻而易举地击退了敌人。

然后，伊阿宋来到了守护金羊毛的龙身边，把美狄亚给的药洒在龙的周围，龙一下子就睡着了。

**等到龙陷入深深的睡眠，伊阿宋拿了金羊毛就迅速逃走了。**

伊阿宋带着美狄亚回到了忒萨利亚。

看到挂着金羊毛的阿耳戈号出现，大家都非常高兴，

除了珀利阿斯。

**伊阿宋将金羊毛交给珀利阿斯后，终于登上了忒萨利亚的王位。**

# 众神谱系

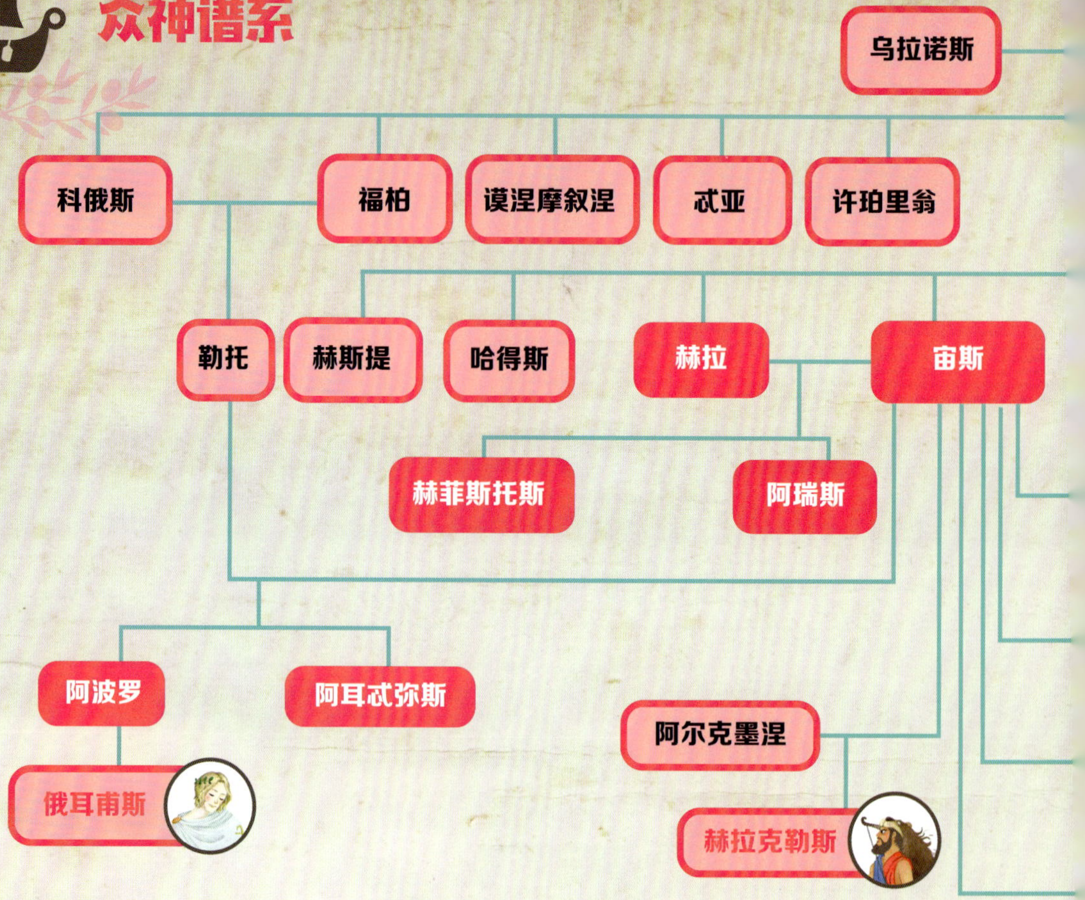


奥林匹斯十二主神

希腊神话中的其他人物

盖娅
克洛诺斯
瑞亚
忒弥斯
伊阿珀托斯
克利俄斯
泰西斯
俄刻阿诺斯
得墨忒耳
波塞冬
克吕墨涅
墨提斯
狄俄涅
塞墨勒
阿特拉斯
普罗米修斯
厄庇米修斯
潘多拉
狄俄尼索斯
迈亚
丢卡利翁
皮拉
赫耳墨斯
雅典娜
阿芙洛狄忒
伊阿宋
赫拉克勒斯
忒修斯
阿喀琉斯
奥德修斯

# 神话知识拓展

## 伊阿宋为了寻找金羊毛，乘坐阿耳戈号前往科尔喀斯冒险

伊阿宋是忒萨利亚国王埃宋的儿子，是忒萨利亚的王子。为了避免叔叔珀利阿斯对他的伤害，伊阿宋被托付给了喀戎，在喀戎的抚养下长大成人。伊阿宋和众英雄一起前往科尔喀斯寻找金羊毛，之后回到忒萨利亚，最终成为忒萨利亚的国王。

托瓦尔德森《伊阿宋与金羊毛》，雕塑作品

洛伦佐 · 科斯塔《阿耳戈号》，藏于意大利帕多瓦市立博物馆

### 伊阿宋乘坐阿耳戈号前往科尔喀斯冒险

阿耳戈号大到足以容纳五十多人乘坐，它极其坚固，能够在狂风暴雨中稳如泰山，还可以行驶得像风一样快。阿耳戈号的船头由多多那的神圣橡木制成，具有预言的能力。在智慧和战争女神雅典娜的帮助下，木匠阿耳戈建造出了阿耳戈号。如今，“阿耳戈号”已经成了冒险的代名词。

## 除了伊阿宋，喀戎还做过很多位英雄的老师

喀戎是古希腊神话中的半人半马的生物，属于山杜尔族，即半人马族。顾名思义，他们上半身是人的躯干，下半身则是马身。他们生活在色萨利的皮立翁山上，喜食生肉，脾气暴躁。不过，喀戎与一般的半人马不同，他兼具善良与智慧，生性温和。他跟随阿波罗学习了医术与射箭，且在音乐与预言方面也颇有造诣。除了伊阿宋，喀戎还做过许多英雄的老师。

## 帮助伊阿宋的美狄亚被后人称为“魔女”

美狄亚是科尔喀斯的国王埃厄忒斯的女儿，太阳神赫里阿斯的孙女，也是巫术女神喀尔刻的侄女。她本是一个能力极为出众的女巫，但为了帮助自己的丈夫伊阿宋，残忍地杀害了许多人。后来她因为伊阿宋想要抛弃自己与别的女人结婚，而对他展开了凶狠的复仇，因此被后人称为“魔女”。

克里斯蒂安·丹尼尔·劳赫《伊阿宋与美狄亚》，藏于德国弗里德里希韦尔德教堂

# 常识拓展

## 历史

## 忒萨利亚与科尔喀斯之间的黄金贸易非常活跃

伊阿宋寻找的金羊毛是有历史依据的。从前，科尔喀斯地区的河流因其中含有大量砂金而非常有名。人们在淘金时，会将羊毛放入水中，让砂金随着水流沾在一缕一缕的羊毛上。所以从河水中拿出的羊毛就像“金羊毛”一样。据学者研究显示，忒萨利亚与科尔喀斯之间的黄金贸易曾经非常活跃，金羊毛的故事也是从那时流传下来的。

阿普利亚红色陶器《为珀利阿斯带来金羊毛的伊阿宋》，藏于法国卢浮宫博物馆

## 科学

## 南船座是一个巨大的星座

初春时分，南船座会出现在南方的天空上。它本来是最大的星座，但它实在过于巨大，十八世纪法国天文学家尼古拉·路易·拉卡伊将南船座分成了船帆座、船尾座、罗盘座和船底座四个星座。南船座作为一个整体来看时，在天空中十分显眼，巨大无比。在组成它的星星当中，能用肉眼看到的便已超过了八百颗。

由四个星座组成的南船座